왜 생명을 경시하면 안 되나요?

왜 생명을 경시하면 안 되나요?

1판 1쇄 펴냄 2013년 10월 4일
1판 4쇄 펴냄 2018년 3월 14일

지은이   정누리
그린이   손명자
펴낸이   하진석
펴낸곳   참돌어린이

주소   서울시 마포구 독막로3길 51
전화   02 - 518 - 3919
팩스   0505 - 318 - 3919
이메일   book@charmdol.com
신고번호   제313 - 2011 - 157호
신고일자   2011년 5월 30일

ISBN 978-89-97592-44-9 64800

왜 생명을 경시하면 안 되나요?

정누리 지음 • 손명자 그림

황준원(강원대학교병원 소아정신과 교수) 감수

참돌어린이

감수글

"아, 나 또 죽었어!"

"야, 저 캐릭터 죽여!"

학생들이 줄지어 앉아 있는 게임방 여기저기서 들려오는 소리입니다. 상대를 죽여야 이길 수 있는 컴퓨터 게임이 한창이네요. 잘못해서 내 캐릭터가 죽으면 다른 판을 다시 시작하면 그만입니다. 마치 생명을 쉽게 죽이고 살리는 것처럼 보여 어른들은 이러한 게임을 보며 내심 걱정을 하게 된답니다.

물론 캐릭터의 생명과 실제 생명이 같다고 생각하는 어린이는 아마 없을 거예요. 하지만 아직 생명의 의미를 진지하게 생각해 본 적 없는 아이들이 이러한 매체를 통해 삶과 죽음을 먼저 접하게 된다는 것이 안타까운 것입니다.

요즘은 생명이 가볍게 다루어지는 영화, 만화, 게임 등이 청소년 주변에 널려 있습니다. 얼마 전에는 10대 청소년이 잔인한 살인마가 등장하는 영화를 보고 끔찍한 모방 범죄를 일으켰다는 기사도 나왔지요. 그에게 살인은 마치 따라 해 보고 싶은 게임이나 장난처럼 느껴졌을지도 몰라요.

하지만 생명은 그렇게 쉽고 간단하게 다룰 수 있는 장난감이 아니랍니다. 생명은 부모들의 고통과 희생 속에 어렵게 탄생하고 꽃피는 것이니까요. 생명은 존엄하게 지켜져야 하는 것이지, 누구에게도 그 생명을 함부로 꺼뜨릴 권리는 없습니다. 심지어 나 자신의 생명조차 내가 건드려서는 안 되는 것이지요.

지금 여러분이 가장 소중하게 생각하는 것은 무엇인가요? 가족, 새로 산 휴대 전화, 친한 친구, 전국 대회에서 받은 상장 등 여러 가지가 있을 거예요. 그런데 만약 여러분에게 생명이 없다면 어떨까요? 앞서 대답한 많은 것이 여러분에게 어떤 의미가 있을까요? 생명이 없으면, 살아 있지 않으면 아무것도 소용없어요.

살아 있음은 모든 생물에게 가장 필요하고 중요한 일입니다. 그리고 모든 살아 있는 것들에게는 단 한 번만의 생명이 주어져 있지요. 그렇기에 생명은 더욱 소중한 것이랍니다.

소중하고, 신비로우며, 커다란 힘을 가진 생명. 이 책을 통해 생명이란 무엇이며, 어떻게 지켜야 하는 것인지를 생각해 보는 계기를 갖게 되길 바랍니다.

2013년 맑은 가을 하늘 아래서

황준원

차례

감수글 • 04

PART I 왜 생명을 경시하면 안 되나요?

생물은 장난감이 아니에요 • 10

모피와 가죽은 동물을 위한 거예요 • 22

한 번 잃은 생명은 되살릴 수 없어요 • 35

총과 칼만이 무기가 아니에요 • 48

생명은 노동력이 아니에요 • 61

병들고 나이 들면 가치가 없나요? • 74

우리는 모두 소중한 생명이에요 • 88

PART 2 생명을 경시하는 태도, 이렇게 고쳐요

더 이상 키울 수가 없어요 • 102
…키우기 전에 충분히 생각해 봐요_110

고작 500원짜리 병아리인데요? • 114
…누군가 여러분의 생명에 가격을 매긴다면?_122

고기가 제일 맛있어요 • 125
…잔인하게 만든 고기는 안 돼요_131

어르신들은 좀 답답해요 • 137

···어르신들께는 관심이 필요해요_145

먼 나라 친구들을 도울 방법이 있나요? • 148

···작은 정성도 큰 도움이 돼요_157

헌혈은 무서워요 • 160

···누군가의 소중한 생명을 지킬 수 있어요_169

부록 엄마 아빠가 읽어요

동식물을 키울 때는 책임을 분담해 주세요 • 174

자녀와 함께 육아 일기를 써 보세요 • 179

살아 있음에 감사하게 해 주세요 • 183

죽음을 애도하도록 해 주세요 • 188

자녀에게 올바른 관심과 사랑을 보여 주세요 • 194

아이가 행복하게 자라도록 도와주세요 • 198

다양한 생물들의 삶을 보여 주세요 • 202

PART 1

왜 생명을
경시하면 안 되나요?

생물은 장난감이
아니에요

"꺄악!"

"저리 가!"

교실 뒷문에서 아이들의 비명이 들렸어요. 여자아이들이 혼비백산

하여 도망을 다니기 시작했어요. 대체 무슨 일이 생긴 걸까요?

곧이어 덩치가 다른 친구들의 두 배는 더 큰 진우가 "우당탕탕" 요

란한 소리를 내며 교실로 뛰어 들어왔어요. 진우의 손에는 산비둘기

한 마리가 잡혀 푸드덕거리고 있었어요. 가느다란 다리를 잡힌 산비

둘기는 어떻게든 진우의 손아귀에서 빠져나가 보려고 안간힘을 쓰고 있었지요.

진우는 짓궂은 표정으로 날개를 퍼덕이는 산비둘기를 친구들에게 들이밀었어요. 친구들은 기겁을 하며 도망쳤지요. 교실은 금방 아수라장이 되었어요.

진우는 산비둘기가 버둥거리는 것도, 아이들이 도망을 다니는 것도 재미있었어요. 반 친구들은 벌레나 새 같은 것을 교실로 가지고 들어와 겁을 주는 진우가 싫었지만, 몸집이 크고 힘이 센 진우를 말릴 사람은 아무도 없었지요.

교실에서 기르던 이구아나를 못살게 굴어 죽인 것도 진우예요. 진우네 반은 학기 초에 조용하고 냄새도 나지 않는 이구아나를 기르기로 했어요. 처음 이구아나가 온 날, 반 아이들은 이구아나에게 이름을 붙여 주며 즐거워했답니다.

"우아, 신기하다! 용처럼 생겼어."

"정말! 움직이는 것 좀 봐."

그림책에 나오는 용을 닮은 이구아나의 이름은 '용용이'가 되었습니다. 아이들은 용용이에게 돌아가며 사료를 주었고, 간식으로 줄 채소를 싸 오기도 했어요. 쉬는 시간이 되면 작은 사육장 앞에 아이들이 모여들어 용용이를 구경하곤 했지요.

그런데 진우는 조용하고 움직임도 별로 없는 이구아나가 마음에 들지 않았어요.

'따분하게 저게 뭐람? 동물이라면 막 움직이고, 울기도 하고 그래야지.'

그래서 진우는 용용이의 사육장 앞을 지날 때마다 사육장을 툭툭 치곤 했어요. 그러면 깜짝 놀란 용용이는 중심을 잡으려고 네 발을 움찔거렸어요. 그것이 재미있는지 진우는 점점 더 세게 사육장을 치고 다니기 시작했답니다.

용용이는 놀라서 이리저리 움직여 다녔고, 진우는 그것을 보며 깔깔댔어요. 친구들은 용용이가 불쌍하다며 진우를 말렸지요. 특히 용용이를 직접 사 온 빈이는 용용이가 가여워서 어쩔 줄을 몰라했어요.

"진우야, 그러지 마. 용용이가 무서워하잖아."

빈이는 용용이의 사육장을 껴안듯 감싸고 용용이를 보호했어요. 그러자 진우도 큰 눈을 번뜩이며 빈이를 윽박질렀어요.

"뭐야? 그게 네 거야? 네 거냐고! 다 같이 가지고 노는 건데 왜 난리야?"

"용용이가 장난감이야? 가지고 놀게. 얘는 살아 있는 생물이야!"

빈이가 물러서지 않고 대답하자 진우는 더욱더 큰 소리로 쏘아붙였어요.

"이게 혼자 잘난 척을 하네. 야, 나도 알아!"

"아는데 왜 동물을 괴롭혀?"

"좀 친 것 가지고 뭘 그래?"

"너는 툭 친 거지만 용용이한테는 지진 같을 거라고. 자꾸 그러면 스트레스 받을 거 아니야."

"동물이 스트레스가 어디 있어!"

진우는 빈이의 말이 우습다는 듯 비꼬았어요.

"너 진짜……."

빈이는 진우가 너무 미웠지만 말로도 힘으로도 이길 수가 없었어요. 씩씩대던 빈이는 억울하고 분한 마음에 눈물을 흘리고 말았지요. 진우는 눈물을 흘리는 빈이를 실컷 놀려 대기 시작했어요.

"애처럼 울긴. 너까지 혼내 주기 전에 비켜!"

진우의 으름장에도 빈이는 용용이의 사육장을 놓지 않았어요. 진우는 약이 올라 억지로 사육장을 뺏으려 했어요. 빈이는 필사적으로 팔에 힘을 주었지만, 진우의 힘이 워낙 세서 버틸 수가 없었지요.

결국 빈이는 사물함 앞으로 나가떨어졌고 "엉엉" 목 놓아 울기 시작했어요. 진우는 자신을 둘러싸고 수군거리는 아이들에게 소리쳤지요.

"뭘 봐? 까불면 다 때릴 줄 알아!"

그때부터 아이들은 진우가 무슨 짓을 하든 말리지 못했어요. 진우는 심심할 때마다 용용이의 사육장을 세게 치기도 하고, 용용이를 꺼내 꼬리를 잡고 흔들었어요. 심한 스트레스를 받은 용용이는 결국 한 학기를 넘기지 못하고 죽어 버렸지요.

동물들을 잔인하게 괴롭히는 진우의 장난은 날이 갈수록 심해졌어요. 방과 후, 진우는 골목의 길 고양이들에게 해코지를 했어요. 장난감 총으로 고양이를 쏘거나 막대기로 때리는 시늉을 하며 쫓아다녔지요. 진우가 다니는 길목마다 고양이들의 앙칼진 울음소리가 울려 퍼졌어요.

그러던 어느 날이었어요. 진우는 여느 때처럼 동네에서 장난감 총을 들고 자동차나 고양이들을 쏘면서 어슬렁거리고 있었어요. 그런데 어느 집 앞에 특이한 색깔의 고양이가 서 있는 것이 아니겠어요? 늘씬하고 몸 전체가 고른 회색인 것이, 여느 길 고양이와는 많이 달라 보였어요.

"오, 못 보던 고양인데? 어디 맛 좀 보여 줄까?"

호기심이 생긴 진우는 고양이를 잘 조준해서 총을 쏘았어요.

"야옹!"

몸통에 총알을 맞은 고양이는 자지러지는 울음소리를 내며 우왕좌왕했어요. 진우는 킥킥거리면서 계속해서 고양이에게 총을 쏘았어요. 그런데 갑자기 그 집의 문이 확 열리고 누군가가 뛰어나왔습니다.

"누구야?"

문을 열고 나온 사람은 키가 훤칠한 고등학생 형이었어요. 진우가 괴롭힌 고양이의 주인이었지요.

진우는 깜짝 놀라서 뒷걸음질을 쳤지만, 이미 형과 눈이 마주친 후였어요.

"우리 나비한테 총을 쏴?"

형은 화가 머리끝까지 나서 진우에게 달려왔어요. 진우는 몇 발짝 도망가지 못하고 형에게 붙잡히고 말았지요.

"너 우리 나비한테 뭐하는 짓이야?"

진우는 도망쳐 보려고 안간힘을 썼지만, 형의 억센 손아귀 힘에는 어림도 없었어요.

"주인 없는 고양이인 줄 알았어요……."

진우는 주눅 든 목소리로 말했어요.

"그게 무슨 상관이야? 주인이 없는 고양이한테는 그래도 된다는 말이야?"

형은 더 화가 난 것 같았어요. 진우는 무서워서 아무 대꾸도 하지 못했지요. 형은 진우의 장난감 총을 빼앗아서 손에 들었어요.

"너도 한번 맞아 볼래? 얼마나 아픈지?"

놀다가 실수로 그 총에 맞아 본 적이 있는 진우는 장난감 총이 얼마나 아픈지 잘 알고 있었어요. 그래서 겁을 먹고 마구 발버둥을 쳤지요.

"싫어요, 싫어요! 이거 놔요!"

"너도 고양이들이 싫어하는데 듣지 않고 괴롭혔잖아."

형은 장난감 총으로 진우의 머리를 살짝 쥐어박았어요. 겁을 잔뜩 먹은 진우는 형이 세게 때리는 줄 알고 놀라서 그만 울음을 터뜨리고 말았어요.

"왜 사람을 때려요! 어른들한테 다 이를 거야!"

형은 진우가 한심하다는 듯이 내려다보며 말했어요.

"네가 우리 나비한테 한 것보다는 훨씬 약하게 때렸으니 엄살 부리지 마."

"걔는 고양이고 저는 사람이잖아요."

"고양이는 너보다 훨씬 작으니까 더 아팠겠지."

"고양이한테 장난 좀 친 것 갖고 왜 그렇게 난리예요?"

형은 짧게 한숨을 내쉬더니 이야기했어요.

"꼬마야, 너 진짜 아무것도 모르는구나? 고양이도 사람처럼 아픈 걸 다 느껴. 아프다고 말도 못 하고 너랑 맞서서 싸우지도 못하는데 얼마나 불쌍하니? 너보다 센 사람이 너를 이유 없이 때리고 괴롭히면 좋겠어?"

진우는 할 말이 없었어요.

"너 혹시 만날 동물들 괴롭히는 거 아니야?"

진우는 뜨끔해서 아무 말도 하지 못했어요. 형은 한 번만 더 약한 동물들을 괴롭히다가 걸리면 그때는 정말 봐주지 않을 거라고 으름장을 놓은 후 진우를 보내 주었어요. 형이 집으로 들어간 뒤에도 진우는 그 자리에서 한참을 훌쩍거리고 있었답니다.

새처럼 작은 동물이나 곤충도 아픔과 고통을 느낄까요? 우리가 아픔과 고통을 느끼는 것은 인간도 동물의 일종이기 때문입니다. 아프거나 괴로운 것, 불안한 느낌 등은 동물이 스스로를 지키기 위해 가지고 있는 기능이에요. 동물들은 이러한 것을 느낌으로써 자신이 위험에 처했다는 것을 알아차리고, 위험에서 벗어나기 위해 노력할 수 있어요.

만약 어딘가를 다쳐도 아픔을 느낄 수 없다면, 빨리 치료를 할 수 없어 더 큰 위험에 처하겠지요? 우리가 느끼는 고통과 괴로움은 빨리 위험에 대처하라는 우리 몸의 신호인 것입니다. 다른 동물들도 모두 가지고 있는 기능이지요. 우리와 생김새나 지능이 다르다고 해서, 말로 표현하지 못한다고 해서 고통을 느끼지 못하는 것은 아니랍니다.

여러분, 혹시 지금까지 자기보다 작고 약한 생명들을 괴롭히거나 죽인 적이 있나요? 그렇다면 이제 입장을 바꾸어서 생각해 보기 바랍니다. 지능이 높거나 힘이 세다고 해서 다른 생물을 괴롭히고 생명을 빼앗을 권리가 있는 것은 아니랍니다. 여러분보다 크고 센 사람이라도 여러분을 함부로 대해서는 안 되는 것처럼요.

2 모피와 가죽은 동물을 위한 거예요

윤아는 겨울이 다가 버릴까봐 조마조마합니다. 점찍어 둔 예쁜 털 조끼가 있는데 아직 엄마가 사 주시지 않았거든요. 코트도 아니고 조끼인데 가격이 꽤 비쌌지요. 윤아도 처음에 가격표를 보고 깜짝 놀랐어요. 그렇지만 보들보들 회색 털이 무척 예뻐 보여서, 집에 돌아와서도 자꾸만 그 조끼가 생각났답니다.

'이번 시험을 잘 보면 엄마가 생각을 바꾸실지도 몰라.'

윤아는 어떻게 해서든 그 털 조끼를 입고 싶었어요. 엄마가 그 조끼를 사 주시기만 한다면 한동안은 어떤 것도 사 달라고 조르지 않을 자신이 있었지요.

백화점의 그 매장 쇼윈도에는 한동안 그 조끼가 걸려 있었어요. 매장 점원도 그 조끼가 얼마나 멋진지 잘 알고 있는 모양이에요. 윤아는 백화점에 갈 때마다 그 조끼가 같은 자리에 걸려 있는 것을 확인하고 안도의 한숨을 쉬곤 했지요. 하지만 겨울이 끝나 버리면 더 이상 그 조끼를 볼 수 없을지도 몰라요.

윤아는 매번 그 매장 앞에 한참을 서서 엄마를 졸랐답니다. 하지만 엄마는 윤아의 간절한 마음을 좀처럼 알아주지 않으셨어요. 윤아는 그런 엄마가 너무나 야속했지요.

"엄마 너무해요. 다른 애들은 이런 털 조끼 하나씩 다 가지고 있단 말이에요. 학교에 그냥 코트만 입고 오는 애는 저밖에 없을 거예요!"

윤아는 입을 잔뜩 내밀고 투덜거렸어요.

"이거 안 사 주시면 저 학교 안 갈 거예요. 이렇게 얇은 코트 입는 애는 저밖에 없다고요."

"애가! 얇은 코트가 추우면 패딩 점퍼 입으면 되잖니?"

"싫어요. 나도 다른 애들처럼 털 조끼 하나 갖고 싶단 말이에요!"

심통을 부리는 윤아를 다른 손님들이 흘끔흘끔 쳐다보며 지나갔어요. 엄마는 다른 손님들의 눈치를 보며 윤아를 꾸지람하셨지요.

"어린애들이 이런 비싼 모피를 입는다니 말이 돼? 조끼 하나에 옷 몇 벌 값인데."

윤아는 모피가 무엇인지 정확하게는 몰랐지만, 지지 않고 말대꾸를 했어요.

"애들도 다 모피 입어요! 이거 사 주세요. 네?"

윤아가 계속해서 막무가내로 칭얼대자 다른 손님들은 입을 가리고 슬며시 웃었어요. 엄마는 창피한지 윤아를 두고 다른 매장으로 발걸음을 옮기셨지요. 이제 겨울도 다 끝나 가는데 이대로 조끼와는 영영 이별하게 되는 걸까요? 윤아는 다급해져서 엄마를 불렀지만 엄마는 돌아보지도 않고 다른 층으로 향하셨답니다. 윤아는 투덜거리며 엄마를 따라갔어요.

엄마는 생활용품을 파는 층으로 가셨어요. 윤아에게 그 층은 예쁜 옷도, 재미있는 책도 없는 따분한 곳이었지요. 윤아는 입이 한껏 나온 채로 엄마를 멀찍이 따라다녔어요. 물론 머릿속에는 온통 그 조끼 생각뿐이었지요.

'아니, 그런데 그 조끼는 대체 왜 그렇게 비싼 거람? 많은 사람이 살 수 있게 좀 싸게 팔면 안 되나?'

생각해 보면 지금까지 털 달린 옷을 산 적이 없는 것도 아니었어요. 모자나 소매 끝에 털이 달린 코트, 털이 달린 장화, 털목도리……. 하지만 그중 어떤 것도 이토록 비싸지는 않았지요.

'참 이상하네. 디자인이 예뻐서 그런가?'

이런 저런 생각을 하며 걷던 윤아의 눈앞에 애완동물 매장이 보였어요.

'와아! 이런 게 생겼네!'

동물을 유난히 좋아하는 윤아는 새로 생긴 애완동물 매장을 보고 눈이 휘둥그레졌어요. 애완동물 매장에는 귀여운 강아지와 고양이, 앵무새, 토끼와 기니피그 등이 잔뜩 진열되어 있었어요. 한쪽에는 열대어와 금붕어 어항도 보였지요. 윤아는 어느새 조끼 생각도 잊고 동물들을 보느라 정신이 없었답니다.

'정말 귀엽다.'

윤아는 토끼장 앞에 서서 까맣고 하얀 아기 토끼들을 한없이 들여다보고 있었어요. 토끼장 속에 손을 넣어 토끼들을 한번 만져 보고 싶었지만, 토끼장에 '손이나 이물질을 넣지 마세요.'라고 쓰여 있어서 꾹 참았답니다.

시간이 얼마나 지났을까요? 엄마가 토끼장 앞에 넋을 놓고 있는 윤아를 부르셨어요.

"윤아야, 뭐하니? 이만 가자."

윤아는 엄마의 손을 붙들고 말했어요.

"엄마, 엄마. 이 토끼들 정말 귀엽지 않아요?"

"응, 그래. 정말 귀엽구나. 그런데 이제 그만 집에 가자. 아빠 기다리시겠다."

"잠깐만요! 사진 한 장만 찍을게요."

윤아는 휴대 전화로 토끼들의 사진을 찍었어요. 몸을 한껏 웅크리고 있는 모습이 정말로 사랑스러웠지요.

다음 날, 학교에 간 윤아는 단짝 친구 혜나에게 어제 찍은 토끼 사진을 보여 주었어요.

"귀엽지, 귀엽지?"

윤아는 재촉하듯 물었어요.

"응, 귀엽다. 아, 그건 그렇고, 너 그 조끼 샀어?"

"조끼?"

"그래. 백화점에서 봐 뒀다는 그거 말이야."

"아아, 그거? 아니, 엄마가 비싸다고 계속 안 사 주시잖아."

윤아는 다시 조끼 생각을 떠올리고 우울해졌어요.

"모피인데 당연히 비싸지. 나도 이거 30만 원 넘게 주고 산 거야."

혜나는 자신의 털 조끼를 자랑스럽게 가리키며 말했어요. 윤아는

놀라서 눈이 휘둥그레졌어요.

"정말? 왜 그렇게 비싼 거야? 그렇게 작은 조끼 하나가."

혜나는 답답하다는 표정을 지으며 설명했지요.

"원래 진짜 모피는 비싼 거야. 그거 무슨 털인데? 이거는 그래도 토

끼털이라서 싼 거고, 여우나 그런 건 더 비싸댔어."

"토끼라고?"

"응, 그래도 토끼털 정도면 많이 안 비싸지 않아? 이번에 시험 잘 보면 사 주시지 않을까?"

윤아는 그 털이 토끼라는 말에 놀라 잠시 정신이 멍해졌어요.

"토끼털은 나이 들어서 죽은 토끼한테서 뽑는 거겠지?"

"어휴, 징그럽게 왜 그런 생각을 해? 아마 그렇겠지. 나도 잘 몰라."

귀여운 토끼의 털이 옷감으로 사용된다고 생각하니 윤아는 왠지 소름이 돋았어요. 하지만 사람은 동물의 고기도 먹는데, 죽은 토끼의 털을 뽑아 쓰는 것쯤이야 있을 수 있는 일이라는 생각이 들었지요.

집에 돌아온 윤아는 엄마를 보자마자 모피에 대해 물어보았어요.

"엄마! 모피는 어떻게 만드는 거예요? 죽은 동물의 털을 모아서 만드는 거죠?"

"털을 뽑아서 만들면 그렇게 가지런하게 안 나오지. 가죽째 벗겨야 할걸? 엄마는 잘 모르겠는데, 그렇게 궁금하면 고모한테 전화해서 물어보렴."

윤아는 토끼의 털가죽이 벗겨지는 모습이 상상되어 눈을 질끈 감았어요. 그러고는 의류 회사에 다니는 고모께 전화를 걸었지요.

"어머, 윤아구나. 잘 있었니?"

"네, 고모도 안녕하셨어요? 저 질문이 있어서 전화 드렸어요. 고모, 모피가 진짜 동물의 가죽을 벗겨 만드는 거예요? 그럼 죽은 동물의 털가죽을 벗겨 만드는 건가요?"

윤아의 질문에 고모는 당황한 듯 잠시 대답을 하지 않으셨어요.

"윤아야, 그게……. 동물이 죽을 때까지 기다리면 한 번에 여러 장의 털가죽을 얻을 수 없단다. 모피 옷 한 벌을 만들기 위해서는 보통 여러 마리 분량의 털가죽이 필요하거든. 그래서 모피를 만들 동물들은 따로 사육하다가 필요에 따라 죽여서 털가죽을 벗기는 거야."

"네에? 그럼 모피 옷을 만들기 위해 살아 있는 동물을 죽인다는 말씀이세요?"

윤아는 화들짝 놀라 물었어요.

"그래, 맞아. 어떤 농장에서는 동물이 살아 있는 채로 털가죽을 벗기는 곳도 있다고 해. 동물이 죽으면 털이 뻣뻣해진다고 말이지. 털가죽이 벗겨져 죽어 간다니 얼마나 끔찍한 일이니? 모피를 사는 사람들이 늘어나면 그런 못된 곳들도 점점 늘어날 거야. 그래서 동물에게 미안한 마음이 있다면 모피를 입어선 안 된단다."

윤아는 고모의 설명에 큰 충격을 받았어요. 그리고 더 이상 그 털 조끼를 사 달라고 조르지 않기로 결심했어요. 윤아가 그 조끼를 사는 것은 죄 없는 동물들을 잔인하게 죽이는 일이었기 때문이에요. 게다가 죽은 동물의 털을 몸에 두른다고 생각하니 섬뜩하게 느껴졌지요.

윤아가 사려던 조끼를 한 벌 만들기 위해서는 대체 몇 마리의 토끼가 죽어야 했을까요?

뉴스를 보다 보면 동물 보호 운동을 하는 사람들이 모피 반대 시위를 벌이는 것에 대한 기사를 종종 보게 됩니다. 시위하는 사람들은 맨살에 빨간 물감을 칠해 피를 표현하거나 좁은 철창 안에 사람이 들어가 갇히는 퍼포먼스를 하지요. 이러한 충격적인 연출들은 무엇을 나타낼까요? 바로 모피가 되기 위해 끔찍한 환경에서 사육되다 잔인하게 죽임을 당하는 동물들의 삶을 보여 주는 것입니다.

모피가 되는 동물들은 여우, 밍크, 토끼, 너구리, 족제비, 하프 물범 등 여러 종류입니다. 모피용 동물 농장에서는 야생에서 살아야 할 동물들을 조그마한 철창에 구기듯 가두어 놓습니다.

넓은 수풀을 뛰어다니던 동물들이 자기 몸 만한 공간에 갇혀 평생을 보낸다고 상상해 보세요. 더구나 밍크와 같은 동물들은 본래 많은 시간을 물속에서 보내는데, 사육장에서는 그 역시 불가능하지요.

겨울에는 추위에 그대로 노출되기 때문에 새끼 동물들이 얼어 죽는 일도 다반사고, 너구리처럼 겨울잠을 자야 하는 동물들은 그러지 못해 큰 고통을 받는다고 합니다.

갇힌 동물들은 스트레스로 인해 자기 스스로나 동족을 공격하기도 하지요. 부상을 당한 동물들은 제대로 치료도 받지 못한 채 죽을 날만을 기다립니다. 모피를 파는 사람들은 동물에게서 더 많은 털가죽을 얻기 위해 잔인한 방법으로 동물들을 죽입니다. 전기 충격이나 독가스, 독약 등의 방법을 사용하지요. 인간에게 아무 잘못도 하지 않은 동물들은 그저 사람들의 욕심을 채워 주기 위해 고통스럽게 죽어 가는 거예요.

모피로 코트 한 벌을 만들기 위해 토끼나 너구리는 30마리, 밍크는 70마리, 친칠라처럼 작은 동물은 약 100마리가량이 희생된다고 해요. 매년 약 4,000만 마리의 동물이 모피가 되기 위해 죽는 셈이지요. 이는 우리나라 전체 인구의 약 80퍼센트에 달하는 엄청난 숫자입니다.

동물의 가죽은 옛날 혹한으로부터 조상들을 지켜 주는 고마운 옷감이었습니다. 털이 없어 추위로부터 자신을 지킬 수 없었던 인간들은 어쩔 수 없이 다른 동물의 털을 벗겨 이용해 왔지요. 하지만 현대는 난방과 방한 기술이 발달한 시대입니다. 조금 더 따뜻하게 다니려고, 조금 더 멋있어 보이려고 다른 동물의 털을 빼앗을 필요가 있을까요?

모피를 제공하는 많은 동물이 멸종 위기에 처했거나 이미 멸종되었어요. 올바른 생각으로 동물들을 보호하지 않으면 지구에 사는 동물들은 점점 자취를 감추고 말 거예요. 모피 제품이 사고 싶을 때마다 그 동물이 살아 있었을 때를 상상해 보세요. 단지 상품이 되기 위해 자신의 가죽을 빼앗기고 죽어 갔을 동물들을 말이에요. 그러면 불쌍한 동물들을 죽이지 않고도 겨울을 따뜻하게 날 방법은 얼마든지 있다는 사실을 깨닫게 될 거예요.

3

한 번 잃은 생명은 되살릴 수 없어요

종훈이에게 동생이 생겼어요. 바로 귀여운 햄스터예요. 외아들인 종훈이가 집에서 혼자 외로워하는 것을 본 부모님이 종훈이를 위해 사 주셨지요.

"자, 그렇게 갖고 싶어 하던 햄스터를 사 줬으니 돌보는 건 종훈이 네가 해야 한다."

"네, 그럴게요!"

아빠는 아직 어리기만 한 종훈이가 못 미더운 듯 다시 한 번 물어

보셨어요.

"너 아직 네 가방도 혼자 못 챙기면서 정말 햄스터를 잘 돌볼 수 있겠어?"

종훈이는 부끄러워서 머리를 긁적이며 대답했지요.

"정말 잘할 수 있어요. 친구들이 햄스터 키우는 거 어렵지 않다고 그랬거든요."

"허허, 녀석."

아빠는 다정하게 웃으시며 종훈이의 머리를 쓰다듬어 주셨어요. 종훈이는 햄스터 케이지를 꼭 끌어안고 좋아서 어쩔 줄 몰라했지요.

햄스터는 종훈이의 주먹보다도 작았어요. 보들보들한 크림색 솜털에 등 쪽에는 갈색 줄무늬가 있었지요. 까만 구슬 장식 같은 두 눈은 마치 만화 영화에 나오는 캐릭터 같았고요.

햄스터에게 먹이를 줄 때가 종훈이에게는 가장 즐거운 시간이었어요. 자기 몸의 반이나 되는 음식을 손에 꼭 쥐고는 순식간에 갉아 먹는 햄스터에서 종훈이는 눈을 뗄 수가 없었답니다. 작은 볼에 한가득 음식을 물고 오물거리는 모습이 그렇게 귀여울 수가 없었지요.

종훈이는 햄스터의 이름을 '동글'이라고 지었답니다. 손바닥 위에 올려놓으면 동그랗게 몸을 말고 있는 모습이 귀여워서 그렇게 붙였어요. 동생이니 자신의 성인 '김'을 붙여 '김동글'이라 불렀지요.

동글이에게 먹이와 물을 주는 일, 톱밥을 갈아주는 일 등은 종훈이의 몫이었어요. 종훈이는 하루에 세 번씩 동글이를 장에서 꺼내 주었어요. 그리고 운동 삼아서 방 안을 마음껏 돌아다니게 해 주었답니다. 친구들의 햄스터가 좁은 우리 안에서 사료만 먹다 비만이 되었다는 얘기를 들었기 때문이에요. 비만인 햄스터는 오래 살지 못한다는 말을 들은 종훈이가 하루에 세 번씩이나 동글이를 운동시키는 모습을 본 엄마는 농담처럼 말씀하셨지요.

"아이고, 사람보다 더 극진하게 돌보네. 종훈이 너보다 동글이가 더 오래 살겠다."

종훈이는 진짜로 동글이가 사람만큼 오래 살았으면 좋겠다고 생각했어요. 햄스터는 오래 살면 5년 정도를 산다는데, 동글이가 자신의 곁을 떠나면 정말 슬플 것 같았지요. 그래서 동글이가 더 오래 건강하도록 매일매일 최선을 다해 보살펴 주었어요.

종훈이는 이렇게 동글이와 시간을 보낼 때마다 동글이에게 이런 저런 이야기를 해 주었어요.

"동글아, 배고팠지? 수진이네 햄스터는 너보다 사료를 두 배나 많이 먹는대! 그래서 지금 쳇바퀴도 잘 못 돌린다고 하더라. 진짜 불쌍하지 않아? 우리는 적당히 먹고 운동 많이 하자."

그러면 동글이는 마치 종훈이의 말을 알아듣기라도 하는 듯 까만 눈을 빛내며 종훈이를 바라보았어요. 그런 동글이가 종훈이는 진짜 형제처럼 생각되었지요.

엄마를 따라 마트에 가면, 종훈이는 자신이 먹고 싶은 것이 아닌 동글이의 간식을 사 달라고 졸랐어요. 맛있는 간식을 주면 동글이가 쉬지 않고 입을 오물거리는 모습이 너무나 귀여웠거든요.

가끔은 용돈을 모아서 동글이의 장난감을 직접 사 준 적도 있답니다. 그만큼 동글이는 종훈이에게 소중한 동생이었지요. 부모님은 아직 어린 종훈이가 책임감을 가지고 동물을 돌보는 것이 대견했어요.

동글이의 자리는 종훈이의 책상 위였어요. 동글이는 종훈이가 책을 보거나 숙제를 할 때도 늘 함께 있었지요. 가족 모두가 모여 과일을 먹을 때에는 동글이도 거실을 돌아다니며 가족들의 귀여움을 독차지했어요. 동글이는 어느새 종훈이네 식구가 되어 있었지요.

어느덧 동글이는 두 살이 되었어요. 햄스터는 6개월이 되면 이미 어른이랍니다. 동글이는 햄스터의 나이로는 이미 종훈이 보다 나이가 많은 셈이었지요. 종훈이는 4학년이 되었어요.

고학년이 되자 공부할 것이 부쩍 늘어났지요. 학교도 늦게 끝나고 학원에서 보내는 시간도 많아졌어요. 형, 누나들과 하는 특별 활동도 생겼지요. 시험 기간이 되면 밤늦게까지 공부를 하다 잠들곤 했답니다. 저학년 때처럼 텔레비전을 보거나 친구들과 놀던 시간은 점점 줄어들었어요. 하지만 이렇게 바쁜 일상이 힘들기만 한 것은 아니었어요. 새로운 것을 배우는 일상이 즐겁기도 했지요.

한편, 종훈이가 바빠지자 동글이는 혼자 있는 시간이 많아졌어요. 하루에 세 번은커녕 한 번도 케이지 바깥으로 나가지 못하는 날이 많았어요. 종훈이는 매번 먹이와 물을 채워 주는 것조차 번거로워했어요. 그래서 많은 사료를 한꺼번에 주었지요. 곧 동글이도 종훈이의 친구네 햄스터들처럼 살이 오르고 둔해지기 시작했답니다.

"종훈아, 동글이 너무 살찐 거 아니니?"

어느 날, 동글이가 몰라보게 살이 찐 것을 본 아빠가 말씀하셨어요.

"그래요? 난 잘 모르겠는데……."

"얘 운동 좀 시켜야 하는 거 아니야?"

컴퓨터를 하던 종훈이는 모니터만 쳐다보며 대답했어요.

"네, 그럼 이따가 시킬게요. 지금은 바빠서요."

동글이는 이따금 케이지 벽에 달라붙어서 종훈이를 바라봤어요.

하지만 종훈이는 늘 공부나 컴퓨터에 열중하느라 동글이를 봐 주지

않았어요.

중요한 시험이 다가오고 있었어요. 종훈이는 이번 시험에서 꼭 좋은 점수를 받겠다고 다짐했답니다. 단짝인 기욱이와 누가 더 높은 점수를 받는지 내기를 했거든요. 평소에 예습, 복습도 열심히 해 놓은 종훈이는 기욱이를 이길 자신이 있었어요.

종훈이는 좋아하던 게임도 끊고 시험 공부에 매진했어요. 목표를 가지고 하니까 공부도 재미있었어요. 밤이 늦도록 시간 가는 줄 몰랐답니다. 그런데 집중해서 공부를 하려니 조그마한 소리에도 신경에 거슬렸어요. 동글이가 케이지 안을 돌아다니는 소리, 쳇바퀴를 돌리는 소리 등이 공부에 방해가 되었지요. 결국 종훈이는 케이지를 베란다에 내놓기로 결정했어요.

동글이가 눈앞에 보이지 않게 되자 종훈이는 점점 더 동글이에게 소홀해졌어요. 하루에 한 번도 동글이를 찾아가 보지 않는 날도 생겼지요. 동글이는 열심히 쳇바퀴를 돌리고 케이지 벽에 기대어 밖을 바라봤지만 아무도 관심을 가져 주지 않았어요. 어떤 때에는 사나흘씩 먹이통이 비어 있기도 했어요. 종훈이는 동글이의 물과 먹이를 주어야 한다는 것을 떠올리고도 귀찮아서 모른 척했어요.

'아빠가 동글이 살쪘다고 하셨지? 저번에 사료를 많이 줬으니까 살도 뺄 겸 나중에 줘야겠다.'

어느 무더운 초여름날, 동글이는 먹이와 물을 먹지 못해 그만 탈진해 버렸어요. 종훈이는 시험 기간이었기 때문에 잠시도 동글이를 살펴볼 여유가 없었지요. 그렇게 이틀이 지나고, 종훈이는 무사히 시험을 마쳤답니다. 그리고 집에 돌아와서는 시원한 주스를 마시며 쉬고 있었어요.

'아직 6월인데도 엄청 덥네. 창문을 활짝 열어야겠다.'

종훈이는 베란다로 나갔어요. 그러고는 조용히 웅크리고 있는 동글이를 발견했지요.

"아, 맞다. 동글이 물통이 비었네. 동글아 많이 목말랐지?"

그런데 동글이가 이상했어요. 종훈이의 목소리를 듣고도 조금도 움직이지 않는 거예요. 평소에는 사람의 발소리만 들려도 바로 일어나 케이지 벽을 긁곤 했는데 말이지요. 종훈이는 예감이 좋지 않아 엄마를 불렀어요.

"엄마, 엄마! 동글이 좀 보세요. 이상해요!"

종훈이의 다급한 목소리를 들은 엄마가 부엌에서 뛰어오셨어요.
종훈이는 동글이의 케이지를 가볍게 흔들며 말했어요.

"엄마, 동글이가 움직이질 않아요."

"어머, 그러게. 혹시 죽은 것 아니니?"

"설마요. 며칠 전에 밥 많이 줬는데……."

종훈이는 불안해서 얼굴이 굳어졌어요. 서둘러 동글이의 케이지를
가지고 동물 병원으로 향했지요.

동물 병원에 가는 동안에도 동글이는 전혀 움직이지 않았어요. 눈
도 뜨지 않고 케이지가 흔들리는 대로 이리저리 흔들렸지요. 종훈이
는 동글이를 챙겨 주지 못한 것이 후회되어 눈물을 글썽였어요.

동물 병원에 도착하자마자, 종훈이는 수의사 선생님께 동글이의
케이지를 보여 드렸어요. 수의사 선생님은 동글이를 살펴보시더니
조심스럽게 말씀하셨지요.

"이거 어쩌나……. 벌써 죽은 것 같은데? 얘가 몇 살이니?"

"사온 지 2년 좀 넘었어요."

울먹이느라 말을 하지 못하는 종훈이 대신 엄마가 대답하셨어요.

선생님은 종훈이를 위로하며 부드러운 목소리로 말씀하셨어요.

"너무 슬퍼하지 말거라. 햄스터가 2년 정도 살았으면 일찍 죽은 건 아니란다."

"그래도 원래 건강했는데……. 제가 먹이를 잘 안 줘서 이렇게 된 거예요."

종훈이는 배고프고 목이 말랐을 동글이를 생각하자 눈물이 터져 나왔어요.

"우리 동글이 살려 주세요. 이번엔 제가 진짜 잘해 줄게요……."

종훈이가 울면서 애원했지만 선생님은 종훈이의 손을 잡아 주며 말씀하셨지요.

"한 번 죽은 동물은 되살릴 수 없단다. 그래서 살아 있을 때 잘 돌봐 줘야 하는 거야."

"미안해. 동글아."

'내가 동글이에게 조금만 더 신경을 써 주었다면 이런 일은 없었을 거야.'

종훈이는 동글이에게 미안해서 눈물이 멈추지 않았어요.

여러분, 혹시 로봇 강아지를 본 적이 있나요? 로봇 강아지는 살아 있는 강아지처럼 짖고 돌아다니며 재롱도 부린답니다. 이런 로봇 강아지와 살아 있는 강아지의 가장 큰 차이점이 무엇일까요?

살아 있는 강아지는 늘 돌봐 주어야 한다는 점일 거예요. 인형이나 로봇 강아지는 데리고 놀 때에만 잠시 관심을 가졌다가 바쁠 때는 잊어버려도 괜찮아요. 하지만 살아 있는 강아지는 먹이도 주고, 운동도 시키고, 병원에도 데려가야 합니다. 건강한 생명을 유지시켜 주기 위해 많은 노력을 해야 하는 것이지요.

왜 살아 있는 동물은 끊임없이 돌봐 주어야 하는 걸까요? 로봇은 움직임을 멈추면 약이나 부품을 갈아 주면 되지만 살아 있는 동물은 그렇지 않기 때문이에요. 살아 있는 모든 생명은 일단 심장이 멈추고 나면 이 세상에서의 삶을 마감하게 됩니다. 로봇이나 게임 캐릭터처럼 다시 살리거나 똑같은 것을 만들 수가 없지요.

오늘날 많은 과학자와 의료인이 생명 연장을 위해 노력하고 있어요. 사람들은 예전에 비해 훨씬 많은 종류의 병과 상처를 고칠 수 있게 되었고, 노화도 늦출 수 있게 되었지요. 신체의 중요한 부분이 손상되면 인공 장기나 보조 기구들로 대체해 생명을 이어 가기도 해요. 생명을 건강하고 길게 유지하기 위한 기술은 하루가 다르게 발전하고 있지요.

하지만 생명 과학의 발달에도 불구하고, 죽음 자체를 막거나 취소할 수 있는 기술은 아직 없답니다. 최첨단 생명 과학은 동물의 복제도 가능하게 만들었지만, 그것이 영원한 생명이나 부활을 뜻하는 것은 아니에요. 그저 똑같은 유전자를 가진 또 다른 생명체를 만들어 내는 것일 뿐이지요. 아무리 간절하게 원하고 많은 돈을 준다 해도 한 번 숨이 멈춘 생명은 다시 살릴 수 없어요.

이렇듯, 모든 생물은 제한된 수명을 가지고 단 한 번의 생을 살아갑니다. 그렇기 때문에 생명은 더욱 소중한 거예요. 우리 모두는 살아 있는 동안 최선을 다해 살아야 하고, 이유 없이 다른 생물의 목숨을 해쳐서는 안 되는 거랍니다.

총과 칼만이
무기가 아니에요

4

 – 너 몇 반 됐어?

2학년 마지막 수업이 끝나자마자, 완이가 준이에게 문자를 보냈어요. 완이의 문자를 발견한 준이는 반가워서 곧바로 답장을 보냈습니다.

 – 나는 1반!! 너는 몇 반이야?

준이는 조마조마하며 완이의 답장을 기다렸어요. 1학년 때 친하던 완이와 같은 반이 되고 싶었거든요. 1학년 때 같은 반 단짝이었는데

2학년이 되어서는 다른 반이 되어 무척 아쉬웠지요.

'이번엔 같은 반이 될 수 있을까?'

잠시 후, 준이의 휴대 전화가 울렸어요. 완이의 답장이었지요.

- 난 4반인데……. 아쉽다.

준이도 아쉬워서 작게 한숨을 내쉬었어요. 3학년 때도 다른 반이 된 거예요.

완이는 진짜 착하고 재미있는 친구였어요. 준이는 완이와의 즐거웠던 추억을 떠올렸어요. 조금 엉뚱한 완이는 평범하고 지루한 이야기는 하지 않는답니다. 처음에는 낯을 가리고 말이 없는 성격이지만 한번 친해지면 온갖 실없는 유머를 쏟아 내지요.

"야, 춘이야! 김춘이."

"내가 왜 춘이야. 나 준이거든?"

"너 오늘 모자 썼으니까 춘이야. 지읒에 모자 씌워서 춘이. 가자, 김춘이!"

"하하하, 뭐라고? 말도 안 되는 소리하지 마."

다른 아이들은 완이의 이런 말장난이 재미없다고 하기도 했어요.

하지만 준이나 몇몇 아이들은 완이의 유머 한마디에 폭소를 터뜨렸답니다. 그러고는 꼬리에 꼬리를 물고 말장난을 이어갔지요. 준이의 교과서는 완이와 수다를 떨며 그린 낙서들로 가득했어요. 함께 하교를 할 때면 신기한 꽃 한 송이, 벌레 한 마리를 보고도 공상의 나래를 펼치던 완이였지요.

준이와 완이는 정말 친한 단짝이어서 나중에는 부모님들끼리도 친해지셨답니다. 2학년 때 준이와 완이가 다른 반이 되자 부모님들도 아쉬워하셨을 정도였지요. 그런 완이와 또 다른 반이 되다니 참 안타까운 일이었어요.

하지만 3학년이 되어 새 친구들을 만나자 그런 아쉬움은 금방 잊혀졌어요. 준이네 반에는 호감 가는 새 친구들이 많았답니다. 성숙해 보이는 민규, 운동을 잘해서 인기가 많은 영훈이, 얼굴도 예쁘고 말도 잘하는 유리……. 준이는 새 친구들과 친해지느라 정신없는 학기 초를 보냈지요. 공부 잘하는 준이 역시 친구들에게 인기가 많았어요.

그런데 언제부터인가 복도에서 완이를 마주칠 때마다 뭔가 이상한 느낌이 들었어요. 완이는 여전히 준이를 보고 웃으며 인사해 주었는데, 완이 주변 아이들의 표정이 좋지 않았던 거예요. 완이를 가리키며 웃고 수군거리는 것 같았지요. 게다가 완이는 볼 때마다 늘 혼자였어요. 준이는 완이가 새로운 반에서 별로 즐겁게 지내지 못하는 것 같아 걱정이 되었어요.

아니나 다를까, 곧 완이에 대한 안 좋은 소문이 들리기 시작했어요. 같은 반 영훈이와 함께 복도를 걷던 준이는 완이와 마주쳐서 반갑게 인사했지요. 그런데 완이가 지나가고 나자 영훈이가 인상을 찌푸리는 것이었어요.

"준이야, 너 쟤랑 친해? 내 친구 4반인데 쟤 완전 이상하대."

완이를 헐뜯는 듯한 말에 준이는 깜짝 놀랐어요. 그런데 왠지 완이와 친하다고 얘기하면 안 될 것 같은 생각이 들었지요.

"그래? 왜?"

"만날 헛소리만 하고, 어디가 좀 모자란 것 같다고 하더라."

멀쩡한 완이 보고 모자라다니, 준이는 절대 그렇지 않다고 얘기하고 싶었지만 눈을 부릅뜬 영훈이를 보고는 주눅이 들어 버렸지요.

"이상하다. 1학년 때는 안 그랬는데."

"아! 너 1학년 때 쟤랑 같은 반이었지? 애들이 그러는데 쟤 원래부터 좀 이상한 소리 많이 하고 그랬다던데. 그때는 안 그랬어?"

준이는 차마 자신도 함께 말장난을 하며 즐거워했다는 이야기를 할 수 없었어요.

"아니, 그때는 그냥 괜찮았던 것 같은데……."

영훈이는 신경 쓰기도 성가시다는 듯 다시 한 번 얼굴을 찌푸리며 말했지요.

"아무튼, 쟤가 인사하면 받아 주지 마. 왕따들은 원래 조금 아는 척만 해 줘도 달라붙는다고."

"아, 알겠어."

준이는 완이를 위해 한마디도 좋은 말을 해 주지 못한 자기 자신이 한심했어요. 하지만 지금 완이를 두둔했다가는 자신마저 이상한 애 취급을 받게 될까 봐 두려웠지요. 그래서 하는 수 없이 영훈이의 말에 동조하고 말았어요.

하지만 문제는 여기에서 끝나지 않았어요. 4반 아이들이 완이를 심하게 괴롭히고 따돌리기 시작한 거예요. 완이에 대한 소문은 준이네 반까지 들려왔어요. 듣자하니 4반 남자아이들이 완이를 장난 삼아 때리기도 하고, 이런 저런 심부름을 시키며 못살게 군다는 소문이었지요.

그 이야기가 사실인지, 완이는 볼 때마다 표정이 더 어두워지는 것 같았어요. 완이가 지나가면 누군가 주변에서 "이 왕따야!"라고 외치는 소리도 들렸어요. 준이는 완이와 친하던 것 때문에 자신도 따돌림을 당할까 봐 무서웠어요. 그래서 완이와 마주치지 않기 위해 일부러

4반 앞을 피해 다녔답니다.

어느 날 학교를 마치고 집에 온 준이는 깜짝 놀랐어요. 완이네 아주머니가 집에 와 계셨거든요. 엄마들끼리 무슨 중요한 얘기를 나누고 계셨는지, 분위기가 무거워 보였어요. 준이는 두 분의 눈치를 보며 인사를 했어요.

"엄마, 학교 다녀왔습니다. 아주머니, 안녕하셨어요?"

그러자 엄마가 말씀하셨어요.

"어! 마침 잘 왔다. 준이야, 요즘 학교에서 완이랑 잘 놀고 있지? 완이는 새 친구들이랑 잘 지내니?"

엄마의 물음에 준이는 바로 대답을 할 수 없었어요.

"그게……. 네. 그런데 반이 멀어서 자주 못 만나요. 잘 지내고 있을 걸요."

"그렇구나……."

완이네 아주머니는 한숨을 쉬며 근심이 가득한 얼굴로 준이를 바라보셨어요.

"너무 걱정하지 마, 완이 엄마. 아직 조그만 애들인데 무슨 왕따 그런 게 있겠어?"

엄마가 손사래를 치며 말했어요. 하지만 완이네 아주머니는 여전히 표정이 어두우셨지요. 아주머니는 준이의 팔을 붙들고 말씀하셨어요.

"준이야. 요즘 완이가 학교에서 애들하고 친하게 못 지내는지, 자꾸만 학교에 가기 싫다고 하네. 너라도 학교에서 보면 우리 완이랑 잘 놀아 주렴."

"네에."

준이는 자신 없는 목소리로 조그맣게 대답했어요.

완이네 아주머니가 돌아가신 후 엄마는 준이를 부르셨습니다.

"나쁜 애들이 학교에서 완이를 많이 괴롭히나 보더라. 네가 좀 나서서 도와주고 그래. 요즘엔 학용품도 뺏고 때리기도 하는 모양이더라. 완이네 엄마가 걱정이 이만저만이 아니셔."

준이는 아무 말도 못하고 한숨만 쉬었어요. 내일은 학교에서 완이를 보면 꼭 먼저 인사하고 말도 걸어 줘야겠다고 생각했지요.

하지만 막상 학교에서 완이를 마주치면 생각처럼 말이 나오지 않았답니다. 모든 아이들이 자신을 쳐다보고 있는 것만 같았지요.

'괜히 나까지 따돌림당하는 것 아니야?'

준이가 자신을 보고도 인사를 하지 않자 완이의 얼굴은 더욱 어두 워졌어요. 그리고 그날 저녁, 준이는 완이에게 오랜만에 문자를 받았 답니다.

- 준이야, 바빠? 얘기 좀 하고 싶어.

준이는 완이의 문자가 반가웠지만 한편으로는 걱정도 되었어요. 문자를 즐겁게 주고받아도 학교에서는 완이와 친하게 지내기 어려울 것 같았거든요.

- 나 지금 숙제하고 있어. 숙제가 많아서.

- 그럼 할 수 없지. 준이야, 그 동안 재미있었어. ^^

준이는 어딘가로 떠나는 사람 같은 완이의 문자를 보고 깜짝 놀랐 어요.

- 그게 무슨 말이야? 너 어디 가?

- 이 세상을 떠날 거야. 잘 있어.

준이는 가슴이 덜컥 내려앉는 것 같았어요. 당장이라도 전화를 걸어 완이와 이야기를 하고 싶었지요. 하지만 마음 한구석에서는 완이와 어울리면 안 된다는 생각도 들었어요.

'나를 불러내려고 괜히 이런 얘기를 하는 거겠지. 설마 정말 죽기야 하겠어?'

준이는 결국 완이에게 따뜻한 답장을 해 주지 않았답니다.

그런데 다음 날, 완이는 학교에 나오지 않았어요. 대체 무슨 일이 있었던 것인지, 완이 이야기로 학교가 발칵 뒤집혔지요.

완이를 심하게 괴롭히고 학용품을 빼앗았던 아이들은 교무실에 불려가서 호되게 혼이 났어요. 그 아이들의 부모님들도 학교에 와서 사과를 하셨지요. 그런데 아이들이 많이 반성을 한 후에도 완이는 학교에 나오지 않았답니다. 준이는 다시는 완이를 볼 수 없을까 봐 너무나 걱정이 되었어요.

우리는 '살인자'라는 단어를 들으면 총이나 칼 같은 무기를 든 사람을 떠올립니다. 그런데 그런 흉기로 직접 사람의 목숨을 끊어야만 살인자일까요? 다른 사람으로 하여금 스스로 목숨을 끊고 싶게 만드는 것 역시 살인만큼 나쁜 일이랍니다. 이런 일은 사회 여기저기에서 일어나고 있어요. 폭언이나 협박, 집단 따돌림, 악성 댓글 등이 그 예이지요.

특히 또래 친구들 사이에서 일어나는 언어 폭력과 집단 따돌림은 사회적으로도 큰 이슈입니다. 학교 생활을 하다 보면 장난처럼 이러한 행동을 할 수 있어요. 재미로 남을 놀리기도 하고, 자신도 따돌림을 당할까 봐 동조하기도 할 거예요.

하지만 당하는 친구의 입장에서는 얼마나 괴로운 일일지 생각해 보세요. 그 친구가 죽음까지 생각하게 된다면 그것은 누구의 책임일까요? 가해자는 물론, 따돌림을 지켜보기만 한 모두가 그 죽음에 책임이 있는 거랍니다.

학교 폭력이나 따돌림은 절대 친구들 사이의 단순한 장난이 아니에요. 피해자들이 자살에 이르는 경우도 많답니다. 때문에 이러한 행동을 한 학생들은 이제 법적으로도 강력한 처벌을 받게 되어 있어요. 친구들을 재미로 괴롭히는 일은 절대 없어야 합니다.

더불어 따돌림의 피해자인 친구를 도와주는 일도 중요합니다. 우리 자신이나 소중한 친구들 역시 따돌림의 피해자가 될 수 있기 때문

이지요. 피해자에게 관심을 가지고 어울린다면 그 친구와 나는 '여럿'
이 됩니다. 아무도 '혼자'가 아닌 '여럿'을 따돌릴 수는 없어요. 그러
니 용기를 내어 피해자와 친구가 되어 주세요. 여러분의 용기가 친구
의 소중한 생명을 구할 수도 있답니다.

생명은 노동력이 아니에요

"다들 일어나! 늦었어!"

아만 삼촌의 목소리에 하디는 어렴풋이 정신이 들었어요.

'아아, 너무 졸려. 조금만 더 자고 싶다…….'

하디는 삼촌의 목소리를 못 들은 척 몸을 돌려 다시 잠을 청했어요.

여느 아홉 살 아이들처럼 하디도 아침잠을 이기기 어려웠답니다. 잠시 후 굵직한 하디 삼촌의 외침이 가까워졌어요.

"얘들아, 뭐하는 거냐? 벌써 해가 높이 떴다고. 오늘도 늦게까지 일하고 싶은 거야?”

'늦게까지 일하는 건 정말 싫은데…….'

삼촌에게 혼이 나기 전에 일어나야 했지만 눈꺼풀이 너무 무거웠어요. 잠시 후, 삼촌의 크고 억센 손이 하디의 어깨를 거칠게 흔들었어요.

“헤이, 하디! 일어나. 일어나라고. 일하러 갈 시간이야.”

“일어났어요…….”

하디는 아직 잠이 깨지 않은 목소리로 대답했어요. 하지만 마음과 달리 팔다리에 힘이 하나도 들어가질 않았지요. 어제도, 그제도 그리고 그 전날도 온종일 일을 했거든요. 게다가 어젯밤에는 유난히 극성스러운 모기들을 쫓느라 잠을 설쳤답니다. 하지만 몸이 힘들다고 게으름을 피울 수는 없었어요. 하디는 무거운 몸을 겨우 일으켜 카카오빈 농장으로 향했지요.

하디는 고작 아홉 살. 다른 나라 어린이들 같았으면 부모님의 보살핌을 받으며 공부를 하고 놀 나이예요. 하지만 하디의 나라에서는 대부분의 어린이가 일을 한답니다. 어른들만큼 힘들게 말이지요. 하디의 형과 누나도 마찬가지였어요. 하디와 형제들이 돈을 벌지 않으면 생활하기가 어렵기 때문이에요. 하디네 집은 아침이 되면 모두가 일을 하러 나간답니다.

하디는 매일 카카오 빈을 재배하는 농장으로 출근합니다. 카카오 빈은 초콜릿의 원료예요. 카카오 포드라는 묵직한 열매 안에 들어 있는 콩과 같은 것이지요. 맛있는 초콜릿 원료가 자라는 농장이라니 신이 날 것 같다고요? 카카오 빈은 우리가 사 먹는 초콜릿과는 완전히 다르답니다. 초콜릿의 달콤한 맛은 대부분 설탕에서 비롯된 거예요. 원료는 아주 쓴 맛뿐이랍니다.

하디에게 카카오 포드는 그저 높은 곳에 매달려 따기 힘들고 무거운 열매일 뿐이었지요. 그 카카오 빈으로 어떻게 초콜릿이 만들어지는지, 그 초콜릿이 얼마나 달고 부드러운지 전혀 알지 못했어요.

하디가 이 농장에서 일하게 된 지는 일 년이 조금 넘었어요. 처음에는 카카오 포드 수확에 쓰는 기다란 칼날을 보고 겁이 났어요. 하디의 팔뚝만큼 큰 그 칼은 '마체테'라고 해요. 식물의 질긴 줄기나 가지를 잘라 낼 수 있는 무서운 물건이었지요.

아직 손아귀 힘이 없던 어린 하디는 마체테를 잘 다루지 못했어요. 그래서 일을 하다가 수없이 손을 다치곤 했어요.

"아얏!"

하지만 하디가 손을 다쳐 울고 있어도 위로하러 뛰어오는 사람은 없었어요. 이제 하디는 손을 다쳐도 피를 옷에 쓱쓱 문지르고는 일을 계속한답니다.

뙤약볕에서 오래 일을 하다가 쓰러진 적도 있었어요. 아프리카의 날씨가 얼마나 더운지는 잘 알고 있겠지요? 하디는 높디높은 나무 꼭대기에 열린 카카오 포드를 따기 위해 온종일 발돋움을 해야 했어요. 뜨거운 태양 아래서 일을 하다 보니 목이 타고 힘이 들어 쉬고 싶었지요. 하지만 농장주 아저씨가 눈을 치켜뜨고 있었기에 잠시도 쉴 수 없었어요.

맡은 분량의 일을 끝내기 위해 기를 쓰고 카카오 포드를 따던 하디는 갑자기 정신이 아득해지는 것을 느꼈답니다. 잠시 후 깨어나 보니 나무 밑 그늘이었어요. 농장주 아저씨가 하디를 내려다보고 있었지요.

"괜찮니?"

아저씨는 하디가 정신이 들기를 기다
리고 있었어요. 하지만 진심으로 걱정해
주는 것처럼 보이진 않았어요.

오히려 빨리 일어나 일을 하라는 압박처럼 느껴졌지요. 하디는 아저씨가 자신을 허약한 일꾼이라고 생각할까 봐 불안했어요. 머리가 깨질 듯이 아팠지만 곧 몸을 일으켰지요.

"네, 전 괜찮아요."

하디는 아저씨의 농장에서 쫓겨날까 봐 무거운 몸을 이끌고 더욱 열심히 일했답니다.

하루는 농장에 손님들이 많이 왔습니다. 형들의 말로는 외국 방송국의 사람들이라고 했지요. 그들은 하디와 아이들이 일하는 모습을 촬영했어요. 몇 시간이나 카메라를 들고 농장 여기저기를 찍었지요.

외국 사람들은 피부가 하얗고 눈동자도 밝은 색깔이었어요. 아이들은 처음 보는 카메라와 외국 사람들이 신기했지만 다가가서 구경할 수는 없었어요. 하디도 평소처럼 일을 하면서 힐끔 카메라를 쳐다보는 것이 다였지요.

'무얼 찍고 있는 걸까?'

카메라를 든 사람들은 아무 말도 없이 조용히 촬영만 했어요. 그러더니 몇 시간 후에 짐을 챙기기 시작했습니다. 하디는 모처럼 온 손님이 금방 가 버리는 것이 아쉬웠지요. 촬영 팀을 물끄러미 바라보고 있던 하디의 눈빛이 애처로워 보였나 봐요. 짐을 꾸리던 외국인 청년 한 사람이 하디에게 다가왔지요.

"안녕? 이름이 뭐니?"

청년은 무릎을 구부려 하디와 눈을 맞추었어요. 하디의 나라말로 물었지만 아주 어설펐지요. 그래도 하디는 알아들을 수 있었어요.

"하디요."

"하디, 많이 힘드니?"

하디는 고개를 끄덕였어요. 그러자 청년은 조금 어두운 표정으로 말했지요.

"나도 알아."

청년은 고개를 끄덕이고는 하디의 어깨를 짚으며 말했어요.

"너는 공부를 해야 해."

진지한 표정을 한 청년의 말에 하디는 어리둥절해졌어요. 하디가 대답이 없자 청년이 다시 말했지요.

"공부해. 그러면 네가 좋아하는 것을 할 수 있어."

청년의 말은 발음도 정확하지 않고 어색했어요. 하지만 하디는 그 안에 깊은 뜻이 담겨 있음을 어렴풋이 느낄 수 있었지요. 그렇지만 갑자기 어떻게 공부를 하라는 것인지는 도통 알 수가 없었어요.

"공부를 하라고요?"

하디가 청년에게 무언가를 더 물어보려고 할 때였어요. 청년의 일행이 그를 불렀지요. 가야 할 시간인가 봐요.

"그래, 알겠지?"

청년은 하디의 어깨를 쓰다듬고는 자리에서 일어났어요. 그리고 일행들과 함께 농장을 떠났지요. 하디는 어리둥절한 표정으로 그의 뒷모습을 바라보았어요.

그날 밤, 하디는 잠을 이루지 못하고 뒤척였어요. 그 외국 청년이 한 말이 자꾸 생각났거든요.

'갑자기 공부를 하라니 무슨 말이야? 무엇을 공부하라는 거지? 그리고 공부는 대체 어떻게 해야 하는 거야?'

한 번도 학교에 다녀 본 적이 없는 하디는 어떻게 하면 공부를 할 수 있는지조차 몰랐어요.

'공부를 하면 내가 좋아하는 걸 할 수 있다고? 그런데 내가 좋아하는 게 뭘까? 농장에 나가지 않고 온종일 쉬는 것? 맛있는 음식을 실컷 먹는 것?'

하디는 이런저런 생각을 하다가 잠이 들었어요. 꿈속에서 하디는 자신이 하고 싶은 일을 경험해 보았답니다. 멋진 축구 선수가 되어 경기장을 누비기도 하고, 의사 선생님이 되어 왕진을 다니기도 했지요. 그리고 오늘 만난 외국인 형처럼 카메라를 메고 세계 곳곳을 취재하러 다녔답니다.

하디가 과연 이런 꿈들을 이룰 수 있을까요? 그러려면 외국 청년의 말처럼 공부를 해야 할 거예요. 그런데 하디처럼 노동을 하는 아이들은 공부를 하고 싶어도 할 수 없답니다. 학교 갈 시간에 농장이나 공장에 나가 고된 일을 해야 하기 때문이지요. 주로 아프리카와 아시아의 개발 도상국 어린이들이 이러한 상황에 처해 있어요.

이러한 어린이들은 어른도 하기 힘든 위험한 일을 합니다. 일을 하느라 잠을 못 자거나 끼니를 거르는 일도 많지요. 폭행을 당하는 경우도 있다고 해요. 하지만 무엇보다도 큰 문제는 미래를 위해 공부를

왜 생명을 경시하면 안 되나요? 69

할 수 없다는 거예요. 그래서 어른이 되어서도 다른 일을 할 수 없게 되지요. 공부와 노력을 통해 꿈을 이룰 수 있는 여러분들과는 너무나 다른 삶이랍니다.

사람은 다른 동물과는 달리, 그저 먹고 자는 것만을 위해 살아가는 것이 아니에요. 사람은 끊임없이 미래에 대해 생각하고 목표를 향해 노력하는 존재입니다. 그리고 모두가 자신의 행복과 목표를 위해 살 권리를 가지고 있어요.

그런데 모든 사람이 처음부터 이런 권리를 가진 것은 아니랍니다. 맹수와 자연재해, 질병, 침략자들로 인한 위험이 끊이지 않던 시절에는 힘을 가진 사람들이 다른 사람들을 지배했어요. 그리고 권력과 돈을 가진 이들은 다른 사람을 물건처럼 소유하기도 했지요. 고대 로마나 이집트처럼 거대한 국가에는 많은 노예를 사고팔았어요. 주로 전쟁에서 진 나라의 백성이나 가난 때문에 팔려 온 어린아이들이었다고 해요.

이런 노예들에게는 말과 행동의 자유가 없었답니다. 주인이 시키는 대로 노동을 해야 했고, 주인으로부터 심한 모욕을 당해도 맞설 수 없었어요. 로마 사람들은 노예들을 검투사로 훈련시켜서 잔인한 싸움을 하게 했답니다. 검투사들은 서로를 상대로 한쪽이 죽을 때까지 싸우거나, 사자와 싸워야 했어요. 로마 사람들은 이러한 싸움을 지켜보며 재미있어 했지요.

중세 유럽에도, 아시아의 여러 왕조 시대에도 노예 계급은 있었어요. 우리나라에도 엄격한 신분 제도가 있었답니다. 조선시대에는 부모가 노비라면 자식도 노비가 되어야 했지요. 노비 계급의 사람들은 높은 계급의 사람들을 위해 평생을 바쳐 노동을 해야 했어요.

노예 이야기가 아주 먼 옛날의 일처럼 느껴진다고요? 그렇지 않아요. 노예 제도는 근대에까지 이어져 왔답니다. 19세기까지 계속된 미국의 흑인 노예 제도가 바로 그것입니다. 미국은 본래 인디언들이 대자연과 어우러져 사는 땅이었지요.

그런데 15세기에 콜롬버스가 아메리카 대륙을 발견하면서 유럽의 백인들이 대거 이주해 오게 됩니다. 이들은 새 대륙에 정착하면서 농업, 광업 등 많은 노동력을 필요로 하는 산업을 발달시켰어요. 그러고는 아프리카 흑인들을 데려다 노동을 시키기 시작했지요. 흑인들은 노예가 되어 마치 가축이나 물건처럼 취급당했답니다.

흑인 노예 제도의 부당함을 느낀 사람들은 노예 제도의 철폐를 위해 어려운 싸움을 해야 했어요. 자신의 재산인 노예를 풀어 주기 싫어하는 사람들과 말이지요. 그리고 오랜 노력 끝에 지금과 같이 평등한 사회를 만드는 데에 성공했답니다.

이후 세계의 모든 사람이 스스로의 행복과 자아실현을 위해 살 권리가 있음을 깨달았지요. 오늘날 우리들이 꿈을 가지고 노력할 수 있는 것은 이러한 사람들의 노력 덕분이에요. 앞으로도 사람이 도구나 재산으로 여겨지는 일은 없어야 할 것입니다.

하지만 아직도 세계 70여 개국에서 20억 명 이상의 어린이가 노동 착취를 당하고 있다고 해요. 이들을 돕는 방법은 꾸준한 관심과 경제적 지원이랍니다.

전 세계에서 성금을 모은 난민 구호 단체에서는 하디처럼 어려운 지역 아이들의 보건, 교육 문제 등을 해결하는 일을 하고 있어요. 학교를 가지 못하는 아이들 가까이에 학교를 세워 주고, 교재와 학용품 등도 마련해 주지요.

그뿐만 아니라 아이들이 일하는 시간을 줄이고, 그 시간에 학교에 갈 수 있도록 가정의 경제적인 문제도 지원해 주고 있어요. 이 덕분에 많은 어린이가 기술이나 지식 교육을 받게 되었지요. 이러한 교육은 아이들의 앞날에 큰 힘이 될 거랍니다.

병들고 나이 들면 가치가 없나요?

기찬이네 집에는 늘 웃음이 넘칩니다. 기찬이는 가족 모두를 자랑스러워한답니다. 기찬이 아빠는 많은 사람에게 존경을 받는 교수님이세요. 엄마는 아름답고 재주가 많으십니다. 친구들이 집에 놀러 오면 모두 기찬이를 부러워해요.

"우아! 너희 집 되게 좋다. 텔레비전에 나오는 집 같아."

"정말이네! 기찬이 넌 좋겠다. 엄마가 이렇게 맛있는 음식도 해 주시고. 아주머니, 이거 진짜 다 집에서 만드신 거예요?"

기찬이네 집에 와 간식을 대접받은 친구들은 하나같이 감탄을 하곤 했지요. 그럴 때마다 기찬이는 기분이 좋아 속으로 콧노래를 불렀답니다.

기찬이는 누나와도 사이가 좋았어요. 친구들은 형제들과 싸운 이야기를 종종 했지만 기찬이는 아니었답니다. 기찬이네 누나는 공부도 잘하고 노래도 잘 불렀어요. 학교 행사 때마다 누나의 노래가 빠지지 않을 정도였지요. 전국 대회에서 상도 많이 타서 학교에서도 유명했답니다.

기찬이 역시 학교에서 누나 못지않은 스타입니다. 리더십이 있고 활발해서 학년마다 반장을 도맡아 했지요. 지는 것을 싫어했기 때문에 성적도 늘 1, 2등이었어요.

그런 기찬이네 집에 어느 날 새로운 식구가 생겼어요. 바로 기찬이네 집에서 모시게 된 할아버지예요. 할아버지는 지금까지 혼자 지내셨는데, 최근 건강이 안 좋아지셔서 기찬이네 집으로 오셨대요. 새로운 식구와 사는 것이 조금 불편할 것 같았지만, 기찬이는 그런 것을 불평할 정도로 이기적인 아이는 아니었어요. 조부모님과 사는 친구들에게 들었는데, 어르신들과 함께 살면 좋은 점도 많다고 했어요.

할머니는 음식 솜씨가 좋으시고, 할아버지는 손주들을 아껴 주신다고 해요. 기찬이도 할아버지를 뵈러 갈 때마다 할아버지께서 기찬이를 데리고 동네를 돌아다니시던 게 생각났어요. 동네 분들께 손주 자랑을 하시려고 말이지요. 기찬이는 할아버지가 오시면 꼭 잘해드리겠다고 마음먹고 있었어요.

그런데 기찬이네 할아버지가 조금 이상해지셨어요. 뜬금없는 말씀을 자주 하시고, 종종 식사하신 것을 잊어버리시기도 했어요. 엄마는 할아버지께서 좀 편찮으셔서 건망증이 생기신 거라고 하셨지요. 할아버지께 기타도 가르쳐 드리고 함께 재미있는 카드 게임도 하면 괜찮아지실 거라고 했어요.

기찬이는 엄마 말씀대로 시간이 날 때마다 할아버지와 시간을 보내려 노력했어요. 늘 기찬이를 챙겨 주시던 할아버지께 무언가를 해 드릴 수 있다는 것은 보람된 일이었어요. 엄마, 아빠는 늘 바쁘신데 할아버지와 함께 시간을 보내니 심심하지도 않았지요.

그런데 기찬이의 노력에도 불구하고 할아버지의 건망증은 점점 심해졌어요. 바로 어제 가르쳐 드린 것도 기억하기 힘들어하시고, 기찬이가 하는 말도 알아듣지 못하셨지요. 몇 달 후, 기찬이는 할아버지께 기타 연주 가르쳐 드리는 것을 포기하고 말았답니다.

어느 날 할아버지는 기찬이 엄마를 붙들고 소리를 치고 계셨어요.

"여기가 어디요? 응? 아지매, 여기가 어디요?"

"아버님, 저 기찬이 엄마예요. 아버님 며느리요. 여기 아버님 아들 집이에요."

엄마는 마치 어린아이를 대하듯이 차근차근 설명을 하셨지요. 기찬이는 그 모습이 이상하게 생각되었어요. 할아버지가 왜 엄마를 못 알아보시는 걸까요?

그뿐만이 아니었어요. 할아버지는 옷도 제대로 못 입으셔서 늘 옷 입는 것을 도와 드려야 했답니다. 식사를 하실 때는 반찬 대신 종이나 휴지를 드시려고 한 적도 있어요. 어떤 날은 장롱 문을 이유 없이 두드리기도 하시고 물건도 잘 집지 못하셨어요.

엄마는 할아버지가 편찮으셔서 그런 거라고 했어요. 나이가 들어서 기억력이 심하게 나빠지신 거라고 말이지요. 기찬이는 낯설고 이상하게 행동하시는 할아버지가 무섭고 싫었어요.

기찬이가 가장 싫었던 것은 그런 할아버지가 가끔씩 엄마가 다른 일을 하고 있을 때 밖에 나오신다는 것이었어요. 하루는 기찬이가 하교를 하는데 할아버지가 집 앞에 나와 계셨어요. 그런데 할아버지가 맨 땅에 그냥 앉아 계신 게 아니겠어요? 그러고는 허공을 바라보며 뭐라고 중얼거리고 계셨지요. 기찬이와 함께 있던 친구들은 모두 할아버지를 보고 깜짝 놀랐어요.

"야, 저 할아버지 좀 이상하지 않냐?"

"그러게. 땅에 그냥 앉아 계시네. 어디가 좀 이상하신가 봐."

친구들은 할아버지를 보며 수군거렸어요. 기찬이는 너무 창피해서 할아버지를 모른 척하고 말았어요. 할아버지가 밖에 나오시게 방치한 엄마가 미웠지요.

기찬이네 할아버지는 점점 많은 사람의 눈에 띄었어요. 친구들은 기찬이의 할아버지를 '바보 할아버지'라고 불렀답니다.

기찬이네 동네 친구들은 학교에서도 기찬이의 할아버지 이야기를 했어요.

"나 어제 집에 혼자 가다가
바보 할아버지 만나서 깜짝 놀랐어. 혼자
있을 때 마주치면 진짜 무서워."

한 친구가 말하자 다른 친구도 맞장구
를 쳤어요.

"나도, 나도! 눈 마주쳐서 막 도망쳤어."

"우리 엄마가 그 할아버지 치매래."

"치매가 뭐야?"

"정신이 좀 이상해지는 거래. 가족들도 못 알아보는 병이라던데?"

기찬이는 그런 이야기를 들을 때마다 할아버지가 원망스러웠어요. 대체 왜 그런 병에 걸리셔서 기찬이를 창피하게 만드시는 걸까요? 편찮으신 할아버지를 탓하면 안 되지만 기찬이는 할아버지가 자꾸만 더 싫어졌어요.

할아버지와 지내는 것은 점점 더 어려워졌어요. 기찬이가 학교에 있을 때, 할아버지가 기찬이의 방에 들어와 물건을 자꾸 망가뜨리셨거든요. 아끼던 책을 찢으시거나 숙제로 한 공작을 부서뜨리신 적도 있어요. 그럴 때면 기찬이는 속이 상하고 억울해서 방문을 닫고 훌쩍훌쩍 울었답니다. 그럴 때마다 엄마는 할아버지가 편찮으셔서 그런 것이니 이해하라며 기찬이를 달래셨지요.

이제 친구들은 틈만 나면 바보 할아버지 이야기를 꺼냈습니다. 바보 할아버지가 윗옷을 벗고 계시던 이야기, 흙을 드시던 이야기, 아무 집에나 들어가려고 하시던 이야기를 재미있는 이야기인 양 하곤 했어요. 기찬이는 자신이 바보 할아버지의 손자라는 것이 밝혀질까 봐 할아버지 이야기가 나오면 일부러 더 재미있는 척했지요.

"진짜? 야, 완전 이상한 할아버지다."

"어, 그런데 기찬아. 너는 그 할아버지 본 적 없어? 희망빌라 앞에 자주 계시는데. 너도 희망빌라 살잖아?"

"어? 어……. 나도 본 적 있어."

어느새 기찬이는 바보 할아버지 얘기가 나올까 봐 친구들과의 대화도 피하게 되었어요. 집에서도, 학교에서도 할아버지 때문에 마음이 불편했지요.

그런데 어느 날, 기찬이가 그토록 두려워하던 일이 터지고 말았지요. 바보 할아버지가 기찬이의 할아버지라는 사실이 밝혀지고 만 거예요. 한 아이가 엄마한테 들은 얘기를 같은 반 친구들에게 전했고, 결국은 전교에 퍼져 버렸지요.

기찬이는 쥐구멍이라도 찾고 싶은 심정이었어요. 친구들은 눈치를 보며 기찬이 앞에서는 바보 할아버지 이야기를 하지 않게 되었어요. 하지만 기찬이가 지나가고 나면 무언가 수군거리는 소리가 들리는 것 같았지요.

이제 기찬이는 할아버지가 너무 싫어 견딜 수가 없었습니다. 어떤 날은 할아버지가 빨리 돌아가셨으면 좋겠다는 생각도 했지요. 할아버지가 자신의 물건을 만지기만 해도 그러지 마시라고 쏘아붙였고요.

할아버지를 보살피느라 엄마가 기찬이에게 신경을 써 주지 못하면 기찬이는 밥도 안 먹고 학교에 가 버렸어요. 할아버지 때문에 집에 있기 싫다며 매일 밖에 나가서 늦게까지 놀기도 했지요. 엄마는 그런 기찬이를 혼내기도 하고 달래기도 하셨지만 소용없었지요.

하루는 엄마가 기찬이를 위로해 주기 위해 맛있는 것을 해 주시기로 하셨어요.

"세상에서 제일 잘생긴 우리 아들, 엄마가 맛있는 음식 만들어 줄게. 뭐가 먹고 싶니?"

"음, 갈비찜이요!"

"그래, 며칠 있다가 엄마가 아주 맛있게 해 줄게!"

기찬이는 맛있는 갈비찜을 먹을 생각을 하니 벌써부터 입에 침이 고였어요. 엄마는 꼬박 이틀 동안 고기를 손질하고 재우시며 정성 들여 갈비찜을 만드셨어요. 갈비찜이 익는 냄새만 맡아도 군침이 돌 지경이었어요. 기찬이는 행여 저녁 식사를 놓칠까 봐 꼼짝 않고 집에만 있었답니다.

이윽고 식사 시간이 되었어요. 아빠와 누나는 집에 오자마자 씻고 저녁 먹을 준비를 했어요. 엄마는 김치를 꺼내러 베란다로 가셨지요.

그런데 잠시 후, 부엌에서 "와장창" 하는 큰 소리가 나는 것이었어요. 그러더니 할아버지의 비명이 들렸어요. 온 식구가 놀라서 부엌으로 뛰어왔지요.

부엌 바닥은 쏟아진 갈비찜으로 온통 엉망이 되어 있었어요. 할아버지가 혼자 솥을 만지다가 떨어뜨리셨는지, 갈비찜 솥이 바닥에 뒹굴고 있었지요. 뜨거운 솥과 갈비찜 국물에 화상을 입은 할아버지는 비명을 지르고 계셨어요. 엄마, 아빠는 황급히 찬 물수건을 만들어 할아버지의 손과 발을 닦아 드리기 시작했어요. 누나는 얼음주머니를 만들어 상처에 올려 드렸지요.

다행히 할아버지는 크게 다치지 않으셨어요. 누나가 할아버지의 상처를 봐 드리는 동안 아빠는 연고를 사러 나가시고, 엄마는 바닥에 쏟아져 버린 갈비찜을 치우셨어요. 뒤늦게 상황을 파악한 기찬이는 갈비찜을 못 먹게 된 것을 알고 신경질을 내기 시작했어요.

“뭐야! 할아버지 때문에 또 밥 못 먹게 됐잖아. 할아버지 짜증나! 왜 가만히 안 계시는 거야. 나 할아버지랑 안 살아, 안 살 거야!”

기찬이는 침대에 누워 몸부림치며 울었어요. 하지만 엄마는 할아버지께 얼음찜질을 해 드리느라 기찬이를 달래 주지 못하셨지요. 기찬이는 약이 올라 더욱 크게 울었습니다.

얼마 후, 연고를 사러 갔던 아빠가 돌아오셨어요. 아빠는 악을 쓰고 울고 있는 기찬이를 보고 놀라서 물으셨어요.

“기찬아. 너 왜 이러고 있어?”

기찬이는 이때다 싶어 더 크게 울며 말했어요.

“할아버지 싫어요! 할아버지 때문에 되는 일이 없단 말이에요! 할아버지랑 살기 싫어요!”

하지만 아빠 역시 기찬이를 달래 주지 않으셨어요. 오히려 엄하게 혼을 내셨답니다.

“이기찬! 그게 무슨 버릇없는 소리야? 할아버지가 너 어렸을 때 얼마나 잘해 주셨는데.”

안 그래도 서러운데 아빠한테 혼까지 나자 기찬이는 눈물이 멈추지 않았어요. 할아버지가 오기 전까지는 정말 화목한 가정이었는데 말이에요.

기찬이는 말도 통하지 않는 할아버지와 언제까지 함께 살아야 하는 걸까요?

연로하고 편찮은 어르신들은 누군가의 보살핌을 필요로 합니다. 요즘은 인구가 줄면서, 어르신들을 보살필 젊은이들이 부족한 것이 사회 문제이기도 하지요. 식구들 중 보살펴야 할 사람이 생긴다는 것은 그리 즐겁지 않은 일이지요. 거동이 불편한 어르신을 돌봐 드리는 것은 많은 시간과 인내를 필요로 하는 일이니까요.

이번에는 어르신들을 보살피기 싫어하던 어느 고장 사람들의 이야기를 들어 봅시다. 중국의 설화 한 가지를 소개할게요. 지혜로써 부모님께 효를 가르친 원곡의 이야기입니다.

원곡의 아버지는 늙은 할아버지를 모시기 귀찮아 산에 버리기로 했어요. 원곡은 슬피 울며 아버지를 말렸지만, 아버지는 결국 수레에 할아버지를 태우고 산에 가서 두고 오셨지요.

그런데 원곡이 다시 산에 올라가 그 수레를 가지고 내려왔어요.

원곡의 아버지는 그 흉한
수레를 어디에 쓰려고 가지
고 왔냐고 물었지요. 그러자
원곡은 이렇게 대답했어요.
"나중에 아버님께서 나이가
드시면 저 역시 이 수레를 써
야 하지 않겠습니까?"

원곡의 대답을 들은 아버지는 자신의 어리석음을 깨닫고 할아버지를 다시 모셔 왔고, 이후 소문난 효자가 되었답니다.

이 이야기에서 알 수 있듯, 우리 모두는 언젠가 노인이 된답니다. 건강하던 몸은 점점 약해지게 되지요. 기계가 아니기에 언제까지나 건강하게 살며 젊을 때처럼 일할 수는 없어요.

그렇다고 해서 후손들이 우리를 쓸모없는 존재로 취급한다면 어떤 기분이 들까요? 그것이 바로 우리가 어르신들을 귀찮아하고 무시했을 때 그분들이 느끼실 감정이랍니다.

우리의 부모님 그리고 우리들이 이 세상에 태어나 살아가고 있는 것은 모두 어르신들의 노력과 희생 덕분입니다. 그런 어르신들이 약해지셨을 때 돌봐 드리는 것은 우리 모두의 책임임을 잊지 않아야겠지요.

우리는 모두
소중한 생명이에요

7

'벌써 4시 반이네. 아직 숙제 반도 못했는데⋯⋯.'

보라는 시계를 보고는 긴 한숨을 내쉬었어요. 5시에 시작하는 학원에 가려면 15분 후에는 집에서 나가야 하는데, 아직 학원 숙제가 많이 남았거든요. 오늘도 숙제를 다 하지 못하면 11시까지 학원에 남아 따로 공부를 더 해야 하지요. 오늘은 꼭 일찍 자고 싶었는데 말이에요.

"휴우⋯⋯."

한숨을 쉰 보라는 크게 기지개를 켜고는 다시 숙제를 하기 시작했어요.

전날 밤에도, 오늘 학교에서도 보라는 숙제를 하느라 바빴습니다. 쉬는 시간에 다른 친구들은 수다를 떨거나 운동장에 나가 놀았어요. 하지만 보라는 쉬는 시간마다 책상 서랍에서 학원 숙제를 꺼내서 하곤 했지요.

"하은아, 옆 반에 은지가 공포 만화책 가지고 왔대!"

"재미있겠다. 우리도 가서 보자."

"그래! 보라야 너는 안 가지?"

짝꿍 유정이가 옆자리에서 숙제하는 보라를 보며 물었어요. 보라는 아쉬운 표정으로 대답했어요.

"어? 으응……. 너네끼리 갔다 와."

친한 친구들도 이제는 보라에게 같이 놀자고 얘기하지 않는답니다. 보라가 자꾸만 거절을 했더니 이젠 당연히 같이 놀지 않는다고 생각하는 모양이에요.

물론 보라도 친구들과 재미있게 놀고 싶었지요. 하지만 그러면 학원 숙제를 다 끝낼 수가 없었어요. 숙제를 하면서도 마음은 늘 친구들과 놀지 못해 아쉬웠답니다.

쉬는 시간에 친구들이 어제 본 텔레비전 프로그램에 대해 이야기하고 있으면 보라는 자신도 모르게 귀를 기울이곤 했어요.

"얘들아, 어제 그 드라마 봤어? 김권 진짜 귀엽지?

"당연히 봤지! 김권은 노래보다 연기를 더 잘하는 것 같아."

"맞아, 맞아."

좋아하는 가수에 대해 이야기꽃을 피우는 친구들 옆에서 보라는 속으로 생각했지요.

'나도 그 가수 좋아하는데……. 나도 그 드라마 보고 싶다. 휴, 오늘도 과외 때문에 못 보겠구나.'

보라는 마음대로 텔레비전을 보는 친구들이 늘 부러웠어요. 똑같은 3학년인데 자신은 즐거움 하나 없이 살아가는 것이 억울하기도 했지요.

한번은 다른 친구들처럼 놀고 싶다는 얘기를 엄마한테 해 보았답니다. 그러나 엄마는 오히려 보라만큼 공부를 안 하는 3학년은 없을 거라고 하셨어요. 그리고는 보라보다 더 열심히 공부하는 아이들의 이야기만 하시는 것이었어요. 모두 아빠가 아는 분의 아이들 이야기래요.

"엄마, 친구들이 놀이동산 가자고 하는데, 오늘 하루만 과외 쉬면 안 돼요?"

"뭐? 안 돼. 시험도 얼마 안 남았는데 무슨 소리니? 얘는 왜 이렇게 공부에 취미가 없는지 몰라. 다른 애들은 텔레비전 보거나 노는 건 2학년 때 다 끊었다는데."

"에이, 말도 안 돼요. 제 친구들은 학교 숙제만 끝나면 마음대로 놀아요. 저는 만날 쉬지도 못하고……."

생각만 해도 우울해져서 보라는 한숨을 쉬었어요. 하지만 엄마는 그런 보라를 보고 정색을 하시며 꾸중하듯 말씀하셨지요.

"말도 안 되긴. 너처럼 노는 3학년이 어디 있니? 아빠 친구 아들 정훈이는 학원도 안 다니는데 혼자서 공부를 그렇게 열심히 한다더라. 보라 너는 계속 지켜보지 않으면 자꾸 딴짓을 하니 엄마가 힘들어 죽겠어."

엄마가 쏘아붙이시는 통에 보라는 더 이상 아무 말도 할 수 없었어요. 하지만 자기보다 더 바쁘게 사는 아이들이 정말로 그렇게 많을지 항상 궁금했답니다.

보라는 아침부터 늦은 밤까지 쉬지 않고 공부를 해야 합니다. 학교, 학원, 과외, 숙제, 예습, 복습…….

심지어 취미 활동도 공부에 도움이 되는 것으로 부모님이 정해 주셨어요. 영어로 된 책을 보는 것이었지요. 하지만 학원에서 이미 영어 책을 몇 시간 동안 보고 온 보라는 그것이 휴식처럼 느껴지지 않았답니다.

엄마는 보라의 학교와 학원을 자주 방문하십니다. 보라의 성적이 조금이라도 떨어지면 무슨 큰일이라도 난 것처럼 선생님들을 찾아가 보라의 학업에 대해 상담을 하셨지요.

선생님들은 걱정하지 말라고 얘기하셨지만, 한번 보라의 성적이 떨어지면 엄마는 며칠 동안이나 기분이 안 좋으셨어요. 그러면 보라는 엄마의 눈치를 봐야 했답니다. 성적이 떨어진 것이 아주 큰 잘못인 것처럼 느껴져 마음이 무거웠지요.

보라가 중요한 시험에서 기대에 못 미치는 성적을 받기라도 하면 그날 밤 보라네 집은 아주 시끄러워졌어요. 엄마와 아빠가 싸움을 벌이시기 때문이에요.

"학원을 그렇게나 보내더니 애 성적은 왜 이래? 이러려면 비싼 학원을 보내지 말던가."

"당신 닮아서 공부를 싫어하는데 내가 어쩌겠어!"

"뭐? 지금 말 다했어? 애 교육도 똑바로 못 시키면서!"

부모님이 서로 심한 말을 주고받으며 싸우시면 보라는 심장이 두근거렸어요.

엄마는 방에 가서 문을 닫고 공부하라고 하셨지만, 부모님이 싸우는 소리는 방문 너머로 다 들렸지요.

'공부 좀 열심히 할걸……. 좀 더 열심히 할걸…….'

한 번도 공부를 열심히 하지 않은 적은 없지만 그럴 때마다 보라는 이렇게 후회했어요.

어느 날부터인가 보라는 너무 피곤한데도 잠이 잘 오지 않았어요. 다 끝내지 못한 숙제, 다가오는 시험 같은 것들이 끊임없이 생각났기 때문이에요.

'이번 주말에 우리 동네 쇼핑몰에 김권이 온다고 했지? 정아랑 다른 친구들은 사인을 받으러 간다던데 나는 영어 학원 보충 때문에 못 가겠다.'

보라는 또 가슴이 답답해졌어요. 요즘 들어 자주 있는 일이었어요. 다가올 일을 생각하면 머리가 아프고 심장이 빨리 뛰는 것 같았지요. 그런 날은 이불 속에서 한참을 뒤척여야 겨우 잠이 드는 것이었어요.

엄마, 아빠가 보라의 성적 때문에 크게 다투신 그날도 마찬가지였어요. 안 좋은 생각들이 꼬리에 꼬리를 물고 이어졌답니다.

'이번에는 정말 크게 싸우시는 것 같아. 이러다 화해 안 하시면 어쩌지? 다 나 때문이야. 공부를 조금만 더 했으면 맞출 수 있는 문제도 많았는데……. 하지만 공부 열심히 해서 시험을 잘 보면 뭐해? 쉬지도 못하고 그다음 시험공부를 해야 하는걸. 그리고 그 시험이 끝나면 또 다음 시험을 위해 공부해야겠지. 나는 영원히 다른 애들처럼 살수 없을 거야. 아무리 공부를 해도 잘하지 못하니까. 엄마, 아빠는 끝까지 나를 부끄럽게 여기시겠지…….'

오늘따라 우울한 생각은 끊임없이 계속되었어요. 이번에는 한숨이 아니라 눈물이 쏟아져 나왔지요. 갑자기 흐르는 눈물은 멈출 줄을 몰랐어요. 매일 공부하느라 고생만 하고 행복하지 않은 자신이 갑자기 불쌍하게 느껴졌지요. 보라는 소리를 죽이고 한참을 울었답니다.

'다른 애들은 행복해 보이는데 난 왜 이렇게 사는 걸까? 차라리 내가 없다면 부모님은 더 똑똑한 아이를 낳아 잘 사셨겠지?'

보라는 문득 자신이 왜 살아야 하는지 이유를 찾을 수가 없어졌어요. 사는 것이 즐겁지 않았고, 주변 사람들도 자신을 좋아하지 않는 것 같았지요. 그러니 이 세상에서 사라져 버려야겠다고 생각했답니다. 그런데 막상 목숨을 끊겠다고 생각을 하니 너무나 무서웠어요.

'어떻게 하지…….'

보라는 슬프고 두려운 생각을 하며 울다 지쳐 잠이 들었어요. 하지만 다음 날에도, 그다음 날에도 상황은 나아지지 않았어요. 보라는 매일 밤, 세상을 떠나는 것에 대해 생각했답니다.

'죽는 건 무서워. 대체 내가 뭘 잘못했기에 이런 고민을 해야 하는 걸까?'

보라는 억울한 생각도 들었어요. 정말 보라가 사라지면 모든 것이 나아질까요?

지금 여러분의 삶에 대해 생각해 보세요. 혹시 보라처럼 매일매일 살아가는 것이 불행하다고 생각하나요? 그런 생각이 들 수도 있지만, 늘 그런 것만은 아닐 거예요. 좋아하는 일을 하는 것, 맛있는 음식을 먹는 것, 잘 맞는 사람들과의 교제 등은 우리를 행복하게 만들어 줍니다.

반대로 어떤 일들은 우리를 매우 불행하게 만들어요. 어려운 시험, 많은 숙제, 부모님의 꾸중, 친구와의 다툼 등이 어린이 여러분을 힘들게 만들죠. 하지만 중요한 것은 이렇게 여러분을 괴롭히는 일들은 모두 지나간다는 사실이에요.

지금은 해결할 수 없는 큰 문제들도 시간이 흐른 뒤에 보면 아무것도 아닐 거랍니다. 정말이냐고요? 물론이지요. 여러분은 늘 성장하고 있고, 그에 따라 문제 해결 능력도 커지기 때문입니다. 어렸을 때에는 잘하지 못하던 일들을 지금은 쉽게 하는 것처럼 말이지요.

신발 끈을 묶는 것, 혼자 자는 것, 구구단을 외우는 것 등 몇 년 전에는 어려웠던 일들이 지금은 아무것도 아닌 것처럼 느껴지지 않나요? 이처럼 지금 여러분이 겪고 있는 문제들은 시간이 지나면 극복할 수 있는 것들이랍니다. 여러분의 몸이 자라고 생각이 성숙해지면, 보이지 않던 해결책이 보이게 될 거예요.

우리는 보라에게 어떤 조언을 해 줄 수 있을까요? 보라의 부모님은 보라가 더 공부를 잘하기를 바라신 것뿐, 성적이 떨어진 보라가 세상에서 없어졌으면 좋겠다고 하신 것은 아니에요. 성적에 대한 과도한 기대와 관심 역시 보라에 대한 사랑에서 비롯된 것이니까요. 사랑하는 아이가 죽기를 바라는 부모님은 없답니다. 그러니 보라가 죽음을 생각할 정도로 힘들다는 사실을 알면 부모님의 행동도 바뀌실 것입니다. 보라가 문제를 좀 더 정확히 보았다면 죽음은 절대 해결책이 아니라는 것을 깨달았겠지요.

혹시 해결되지 않는 문제 때문에 괴로워하는 친구가 있다면 이 사실을 기억하세요. 지금 겪는 어려움은 영원히 계속되지 않는다는 것을요. 그리고 여러분의 소중한 생명에 비하면 그 문제들은 아주 사소하다는 것도 말이지요. 나의 생명은 나 자신뿐만 아니라 나를 사랑하는 모든 사람의 귀중한 보물이랍니다.

PART 2
생명을 경시하는 태도 이렇게 고쳐요

더 이상 키울 수가 없어요

1

"아이고, 우리 귀여운 초코!"

민규가 강아지의 얼굴을 두 손으로 부비며 말했어요.

"으이구, 그렇게 좋니?"

엄마는 못 말린다는 표정으로 민규를 보며 웃으셨어요. 초코는 민규네 집에서 키우게 된 강아지 이름입니다. 곱슬곱슬한 털이 초콜릿 같은 빛깔이어서 '초코'라는 이름을 붙여 주었지요.

너무나 작은 초코는 화장실 문턱도 혼자 못 넘어 다닐 만큼 어린

강아지예요. 작게 낑낑거리는 울음소리도 민규에게는 그렇게 귀여울 수가 없었어요.

초코는 민규가 초등학교에 입학할 때 부모님이 선물로 사 주신 강아지예요. 다섯 살 때부터 쭉 졸랐던 애완동물이지요. 민규도 이제 강아지를 돌볼 수 있다고 말씀 드렸더니 결국 사 주셨지요. 민규는 형 진규와 함께 애완동물 가게에 가서 초코를 골랐답니다.

"이야, 진짜 조그맣다!"

"응, 정말 귀엽다! 형, 우리 재로 키우자. 저 강아지가 제일 귀여운 것 같아!"

"그래, 나도 개가 마음에 든다. 엄마! 여기 이 푸들로 할래요."

초코가 처음 왔을 때, 가족들은 초코를 들여다보느라 시간 가는 줄을 몰랐습니다. 민규와 진규는 초코에게 '앉아!', '일어서!', '손!' 등 여러 가지 재주를 가르쳤어요. 배변 훈련도 열심히 시켰지요.

초코를 데리고 산책을 나가면 동네 꼬마들이 다 모여들었어요. 초코의 재주들을 조금 보여 주면, 아이들은 초코가 귀엽다며 까르르 웃었지요.

가족들의 사랑을 받으며 초코는 무럭무럭 자랐고, 일 년이 지나자 몸집이 몰라보게 커졌지요. 초코가 아직 한 살이라고 말하면 사람들이 놀랄 정도였어요. 사료도 더 많이 먹게 되었고 짖는 소리도 우렁차게 변했지요. 예전엔 현관 문턱도 겨우 넘어 다니던 초코가 이제는 다리 힘도 세져 문턱을 훌쩍 뛰어넘곤 했어요.

초코는 가족이나 손님들이 오면 반가운 마음에 힘차게 뛰어와서 앞발로 사람들의 다리를 긁어 댔어요. 그래서 늘 발톱을 짧게 깎아 줘야 했지요. 어쩌다 발톱 깎는 것을 잊어버리면 손님들의 바지나 스타킹 올이 나가 버리기도 했거든요.

오랜만에 집에 놀러 오신 이모도 초코를 보고 이렇게 말씀하셨어요.

"아유, 이렇게 큰 개를 키워?"

"큰 개 아니에요. 아직 아기예요. 한 살밖에 안 됐는걸요."

민규는 억울한 듯 말했어요. 민규가 보기에는 다른 집 네다섯 살짜리 개들보다 초코가 훨씬 작은데 말이지요.

"다 컸는데 뭘. 다른 집에서 뭐라고 안 하니?"

"귀여워서 다들 좋아해요!"

"그래도 다른 집에서는 싫어할 수도 있겠다, 얘."

이모는 어쩐지 못마땅한 눈초리였어요. 민규는 초코가 얼마나 예쁜지 몰라주는 이모 때문에 심통이 났어요.

하지만 이모의 말이 꼭 틀린 것은 아니었어요. 몇 달이 더 지나자, 초코와 함께 산책을 나가면 초코를 피하는 사람들이 생기기 시작했거든요. 사람들이 귀여운 초코를 구경하려고 몰려드는 일도 훨씬 줄어들었답니다. 아마 초코의 몸집이 커진 까닭인가 봐요. 그래도 초코는 아직도 사람들을 보면 반갑다고 혀를 내밀며 뛰어들곤 했지요. 사람들은 이제 그런 초코를 보고 화들짝 놀라며 피하게 되었어요.

어쩌다 초코가 길에 똥이라도 싸면 사람들은 인상을 쓰며 민규를 째려보기도 했답니다. 민규가 매번 깨끗이 치우는데도 말이지요.

'쳇! 얼마 전까지만 해도 한 번만 만져 보자며 난리치던 사람들이 초코가 조금 컸다고 이렇게 다르게 대하다니.'

민규는 초코를 대하는 사람들의 태도가 변한 것이 그렇게 서운할 수가 없었어요.

그런데 변한 것은 이웃 사람들의 태도만이 아니었답니다.

가족들도 이젠 초코를 덜 예뻐하는 것 같았어요. 특히 형 진규가 그랬어요. 엄마나 아빠는 처음부터 초코를 애지중지하시지 않았지만, 진규는 민규만큼이나 초코를 귀여워했지요. 서로 초코와 더 오래 놀고 싶어서 다툴 정도였으니까요.

그런데 이제 진규는 초코가 무릎 위로 올라오려고 하기만 해도 초코에게 짜증을 냅니다. 초코의 집을 치워 주거나 사료를 주는 것도 귀찮아하고요.

아파트에서 키우기에는 초코가 너무 크다는 사람들의 말에 맞장구

를 치기도 했어요. 민규는 그런 형이 무척 얄미웠지요.

그러던 어느 날, 초코가 사료도 잘 먹지 않고 시름시름 앓기 시작했어요. 아껴 두었던 치즈 맛 간식을 주어 보았지만 몇 번 깨물더니 고개를 돌려 버리는 것이었어요. "끙끙" 앓는 소리까지 내는 것이 심상치 않아 보였지요. 민규는 엄마를 재촉해 동물 병원으로 향했어요.

초코가 진료를 받는 내내, 민규는 불안해서 견딜 수가 없었답니다. 낫지 않는 병이면 어쩌나 하면서 말이지요. 수의사 선생님은 다행히 빨리 병원에 와서 치료가 가능하다고 하셨어요. 그런데 문제는 그다음이었지요. 치료를 하려면 30만 원이나 되는 진료비를 내야 한다는 것이었어요.

"어머! 그렇게나 비싸요? 강아지 병원비가 사람보다 더 비싸네."

"원래 애완견 진료비는 보험이 안 되서요. 그래도 저희는 저렴하게 해 드리는 거예요."

엄마의 푸념에 간호사 언니가 대답했지요. 엄마는 어쩔 수 없이 치료비를 내셨지만 집에 오는 내내 표정이 좋지 않으셨어요.

그 후로 엄마도 초코를 미워하시는 것 같았어요. 초코가 조금만 말썽을 부려도 심하게 혼을 내셨지요. 초코가 짖는 소리 때문에 이웃집에서 항의라도 들어오는 날이면 엄마는 애꿎은 민규에게도 화를 내셨어요.

"얘는 왜 이렇게 자꾸 짖는 거니? 조용히 좀 시켜 봐라. 그러게 왜 이렇게 큰 개를 사 가지고."

'큰 개 아닌데⋯⋯.'

민규는 초코가 더 클까 봐 너무 걱정이 되었어요. 그런 자기 마음도 모르고 사람만 보면 반가워서 짖는 초코를 보면 애가 탔답니다.

더 큰 문제는 초코가 중학생이 된 형 진규의 공부를 방해한다는 것이었지요. 진규가 책상에 앉으면 초코가 방에 따라 들어가 재롱을 부렸어요. 마침 공부가 하기 싫었던 진규는 초코를 데리고 장난을 치며 시간을 보냈답니다. 그러다가 엄마한테 혼이 나곤 했지요.

진규가 겨우 공부를 할라 치면 이번에는 초코가 방 밖에서 낑낑대는 것이었어요. 진규는 시끄러워서 집중이 안 된다며 짜증을 냈고요. 결국 부모님은 초코를 다른 곳으로 보내야겠다고 하셨어요.

"안 되겠다. 형 공부도 방해되고 이웃집에서 항의도 많이 들어오고. 이렇게 크게 자랄 줄 몰랐는데⋯⋯. 아파트에선 더 이상 못 키우겠다. 주변에 누구 개 키우고 싶다는 사람 없니?"

민규는 울고불고하며 초코를 보내기 싫다고 졸랐어요. 하지만 부모님은 며칠 후에 또 같은 이야기를 하셨답니다. 진규는 초코 편도 들어 주지 않고 모른 척했지요.

민규는 아무 잘못도 없이 구박받는 초코가 너무 불쌍했어요. 그리고 자신이 없는 틈에 부모님이 초코를 내다 버릴까 봐 늘 불안했답니다.

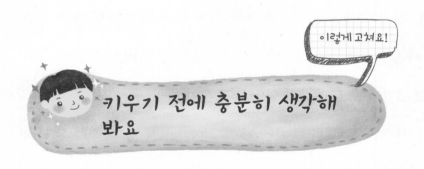

이렇게 고쳐요!

키우기 전에 충분히 생각해 봐요

어릴 때는 작고 귀엽기만 한 애완동물. 많은 사람이 그 사랑스러운 모습만 보고 애완동물을 키우겠다고 결심해요. 하지만 애완동물도 우리와 마찬가지로 하나의 생명이랍니다. 늘 한결같이 작고 예쁘기만 한 인형이 아니에요.

여러분이 아기 때와 비교해 얼마나 많이 변했는지를 생각해 보세요. 자라면서 얼마나 많은 사람의 도움을 받았는지도 말이지요. 애완동물도 우리처럼 자라면서 많이 변하고, 여러 가지 도움을 필요로 한답니다. 동물을 키우려면 그 모든 일에 대해 충분히 준비가 되어 있어야 해요. 그렇지 않으면 민규네 집처럼, 애완동물을 애물단지처럼 여기게 됩니다. 그러다가 결국 키우기를 포기하게 되지요.

애완동물을 사는 사람들만큼이나 버려지는 애완동물도 많습니다. 주인에게 버림을 받은 동물들은 길에서 죽거나 동물 보호소에서 안락사당하는 경우가 많아요. 한 살 이상의 다 큰 애완동물이 새 주인을 만나는 것은 쉽지 않은 일이에요. 대부분 사람들이 작고 귀여운 새끼 동물을 키우고 싶어 하기 때문이지요. 여러분이 떠나보낸 애완동물들은 여러분을 기다리다 안타까운 죽음을 맞이할 가능성이 높답니다.

이러한 비극이 일어나지 않게 하기 위해서는 어떻게 해야 할까요?

처음부터 동물 키우는 것을 신중하게 결정해야 합니다. 함께 사는 가족들이 모두 애완동물을 원하는지, 그 동물에 대한 알레르기는 없는지 확인해 봐야 해요. 공동 주택이라면 애완동물을 키울 수 있는 곳인지 반드시 확인해야 하고, 이웃의 동의를 얻어야 합니다.

동물을 키우는 데 드는 비용을 감당할 수 있을지도 잘 고려해야 해요. 사료나 용품, 장난감뿐만 아니라 보험이 되지 않는 동물 병원 진료비에 대해서도 자세히 알아보고 계획을 세워야 하지요.

동물에 따라 다르지만 개나 고양이 등은 최소 10년 이상을 산다고 해요. 그러니 10년 정도 후까지 가족의 계획을 꼼꼼히 따져 보아야 해요. 그 사이 독립을 하거나 누군가와 새 가정을 꾸릴 수도 있고, 아기가 생기거나 어르신을 모셔야 하는 일이 생길 수도 있으니까요. 그러한 상황이 벌어졌을 때에도 계속해서 동물을 기를 수 있을지 미리 생각해 보아야 해요.

정말로 생명을 소중히 여긴다면, 안락사 위기에 처한 유기 동물들을 입양하는 것도 좋은 방법이에요. 주인을 잃고 보호소에 온 동물들은 새로운 주인을 만나지 못하면 안락사를 당할 가능성이 높기 때문에 그러한 동물들을 입양하면 그 동물의 생명을 구하는 셈이지요. 요즘은 인터넷의 유기견 보호 센터 사이트를 통해 어떤 동물들이 새 주인을 기다리고 있는지 확인할 수도 있어요.

자, 이 정도면 책임감 있는 주인이 될 준비가 되었지요? 동물은 장난감이 아니라 고귀한 생명입니다. 귀여운 모습만 보고 함부로 생명을 샀다가 버리는 사람이 되지 않도록 책임감을 가지도록 하세요.

고작 500원짜리 병아리인데요?

하굣길이 시끌벅적합니다. 아이들이 수진이를 둘러싸고 잔뜩 몰려들었어요. 교문 앞에서 병아리를 산 수진이는 구경하려는 아이들 때문에 집으로 향하는 골목에 멈춰 서야 했지요.

"한 번만 만져 보자, 응?"

"이야…… . 진짜 귀엽다!"

모두 수진이가 방금 산 병아리를 가까이서 보려고 난리였어요.

"어디서 샀어? 얼마야?"

수진이는 친구들의 쏟아지는 질문에 대답하기 바빴어요.

"지금 후문 쪽에서 팔고 있어. 500원에 팔던데?"

"정말? 우리도 가 보자!"

일부 아이들은 서둘러 후문으로 뛰어갔어요. 몇몇 아이들은 여전히 수진이 곁에 남아 수진이 손 안의 병아리를 구경했어요.

"좋겠다. 엄마가 키워도 된다고 하셨어?"

아파트에 사는 아이들은 마당에서 동물을 키울 수 있는 수진이가 정말 부러웠어요.

"응, 아까 전화로 여쭤 봤더니 된다고 하셨어."

수진이는 갑작스러운 관심에 정신이 없었지요. 더 많은 친구가 몰려와 병아리를 만져 보자고 할까 봐 서둘러 집으로 향했답니다.

집에 온 수진이는 마당에 병아리를 풀어놓고는 병아리를 이리저리 들여다보느라 여념이 없었어요. 병아리는 "삐악삐악" 앙증맞은 소리를 내며 화단을 돌아다녔답니다. 수진이는 옆에서 지켜보시던 엄마에게 물었어요.

"엄마, 얘가 정말 커서 닭이 되는 거예요?"

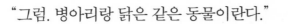

"그럼. 병아리랑 닭은 같은 동물이란다."

"정말 신기해요! 병아리는 이렇게 예쁘고 닭은 무섭게 생겼잖아요."

수진이는 날마다 시간 가는 줄도 모르고 병아리와 놀았어요. 틈만

나면 병아리를 보러 마당으로 나오곤

했답니다.

"수진아, 벌써 여섯 시야. 이제 얼른 들어와서 저녁 먹으렴. 병아리도 피곤하겠다."

"병아리랑 더 놀고 싶은데……."

수진이는 아쉬워하며 병아리를 병아리 집에 넣어 주었어요.

"병아리가 그렇게 좋니?"

저녁을 먹는데 엄마가 물어보셨어요.

"그럼요! 털이 얼마나 보드라운데요. 사료도 잘 먹고 정말 착해요."

수진이는 병아리 자랑을 늘어놓느라 신이 났습니다.

"그래, 나중에 닭이 되어서 달걀 낳을 때까지 잘 키워 보렴."

"네, 그럴 거예요!"

수진이는 엄마의 말에 자신 있게 대답했지요.

학교에 가면 아직도 몇몇 아이들이 병아리에 대해 묻곤 했어요. 마당이 있어 병아리를 키울 수 있는 수진이가 부럽다면서 말이지요.

"병아리 잘 크고 있어? 닭 됐어?"

"아직 병아리인데 날개 끝에 깃털 같은 게 좀 자랐더라!"

"정말? 처음 샀을 때는 다 솜털이었잖아?"

"응, 점점 깃털이 자라서 닭이 되나 봐."

수진이는 엄마한테 들은 이야기를 곁들여 병아리의 소식을 전했어요. 친구들은 종종 병아리를 구경하러 수진이네 집에 놀러오곤 했답니다.

어느 날, 수진이가 학교에서 돌아왔는데 집에 손님이 와 계셨어요. 수진이네 옆 반인 명훈이네 어머니가 놀러 오신 거예요.

"아주머니, 안녕하세요?"

수진이는 거실로 들어서며 인사를 드렸어요.

"수진이 왔구나! 오랜만에 보니 더 예뻐졌네."

"수진아, 마침 잘 왔다. 우리 병아리, 명훈이네 하루만 빌려 주지 않을래?"

엄마가 수진이에게 물어보셨어요. 수진이는 병아리를 빌려 주자는 말에 자기도 모르게 '안 된다.'는 말을 바로 할 뻔했어요.

"명훈이도 동물을 무척 좋아하는데, 명훈이네는 아파트라 동물을 키울 수가 없대. 너는 매일 보는 병아리니까 오늘 하루만 명훈이네 보내 주자."

엄마의 설득에 수진이는 속으로 갈등을 했어요. 명훈이 같은 개구쟁이에게 병아리를 빌려 줘도 될지 말이지요.

"아줌마가 내일 꼭 다시 데려다 줄게."

명훈이 어머니까지 나서시니 수진이는 할 수 없이 고개를 끄덕였습니다.

"아직 어린아이니까 조심조심 다뤄 달라고 꼭 전해 주세요."

"그래, 명훈이도 동물을 좋아하니까 아주 예뻐해 줄 거야."

수진이는 병아리를 명훈이네 빌려 주었어요. 매일 같이 있다가 떨어져서 그런지 너무나 불안했답니다.

다음 날, 학교에 가자마자 수진이는 명훈이네 반으로 갔어요. 명훈이는 자신을 찾아온 수진이를 보고 화들짝 놀라는 모습이었지요.

"야, 한명훈! 너 우리 병아리 잘 데리고 있어?"

"어? 어……. 아, 그게……."

시원스럽게 대답을 하지 못하는 명훈이를 보고 수진이는 불안해졌어요.

"너 왜 대답을 안 해? 잘 있어? 왜 그러는데?"

명훈이는 수진이와 눈을 마주치지 못하고 뒷목을 긁적이기만 했어요. 병아리가 무사하지 못하다는 것을 직감한 수진이는 명훈이를 다그치기 시작했지요.

"아, 왜 그러는데? 우리 병아리 아파?"

"사실은……. 내가 데리고 놀다가 실수로……. 베란다 창문 밖으로 떨어뜨렸어."

"뭐라고?"

"미안해……. 내가 하나 또 사 줄게."

명훈이는 계속해서 미안하다고 사과를 했지만 수진이의 귀에는 들어오지 않았어요. 동생처럼 아끼던 병아리를 다시는 볼 수 없다고 생각한 수진이는 자신도 모르게 울음을 터뜨렸지요. 어찌나 크고 구슬프게 울었는지, 교실 밖에 계시던 선생님께서 뛰어 들어오셨어요.

"무슨 일이니? 명훈이 너 또 친구 괴롭힌 거야?"

"아니에요."

명훈이가 억울한 듯 대답했어요.

"명훈이가 얘네 병아리 빌려 가서 죽였대요!"

옆에서 듣고 있던 친구 한 명이 선생님께 얼른 고자질했어요. 명훈이는 그 친구를 째려보며 변명했어요.

"실수로 그런 거예요. 제가 다시 사 준다는데도 얘가 안 듣고 계속 울잖아요!"

"다른 병아리는 필요 없어. 우리 병아리 살려 내! 살려 내라고!"

수진이는 울다 말고 명훈이에게 소리쳤어요.

"그깟 500원짜리 병아리 가지고 뭘 그렇게 난리야? 물어 주면 될 거 아냐!"

명훈이도 지지 않고 대답했지요. 수진이는 어이가 없었어요.

"병아리가 물건이야? 물어 주게! 그럼 누가 너네 가족을 죽이고도 돈만 물어내면 된다는 말이니?"

"양수진, 어떻게 그런 말을 하냐? 고작 500원짜리 병아리가 사람하고 같아?"

수진이와 명훈이의 말싸움은 끝날 줄을 몰랐어요. 선생님이 아무리 혼내고 말리셔도 소용없었답니다.

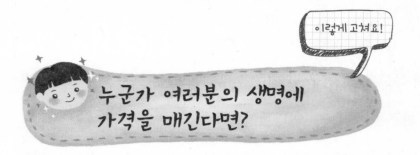

누군가 여러분의 생명에 가격을 매긴다면?

친구의 500원짜리 병아리를 데리고 놀다가 실수로 죽인 명훈이가 병아리 값 500원을 물어 주겠다고 해도 수진이는 계속해서 화를 내고 있어요. 수진이가 너무한 것일까요?

어쩌면 수진이를 화나게 한 것은 돈으로 병아리의 생명을 쉽게 보상하려는 명훈이의 태도일지도 몰라요. 500원짜리 병아리의 생명은 30만 원짜리 강아지의 생명보다 가치가 없는 걸까요?

만약 누군가 여러분의 생명에 가격을 매긴다고 상상해 보세요. 얼마나 공부를 잘하는지, 얼마나 잘생기고 예쁜지, 키는 얼마인지, 몸무게는 얼마인지, 누구의 자녀인지를 따져 여러분의 값어치를 매긴다고 말이지요.

그리고 어느 날 생명이 위태로운 부상을 입고 병원에 갔는데 의사 선생님으로부터 "네 목숨보다 치료비가 훨씬 비싸단다. 그러니 그냥

생명의 가격

?

돌아가렴."이라는 말을 듣는다면 어떨까요? 또는 "인기 스타, 지위가 높은 분, 돈 많은 사람들을 먼저 치료해 준 다음에 너를 치료해 줄게."라는 말을 듣는다면요? 아마 쉽게 이 말들을 받아들일 수는 없을 거예요.

"내 생명도 소중하다고요!"

이렇게 외치고 싶을 것입니다. 나 자신이 이 세상을 떠나게 된다면, 이 세상에 존재하는 돈이나 명예, 인기 등은 나에게 아무 의미도 없는 것이기 때문이지요. 마찬가지로 모든 생물에게 있어서 자기 자신의 목숨보다 중요한 가치는 없습니다. 그러니 나 아닌 다른 생명에게 가치를 매기는 것은 부당한 일이겠지요?

앞서 한번 죽은 생명은 아무리 많은 돈을 주어도 되살릴 수 없다는 사실을 이야기했어요. 생명은 돈으로 살 수 없다는 뜻입니다. 사고팔 수 없으니 가격을 매기는 것도 물론 불가능하지요. 어떤 생명이든 우리 자신과 똑같이 소중하다는 사실을 명심해야 합니다.

3 고기가 제일 맛있어요

"후루룩" 하고 국물을 퍼먹는 가족의 손놀림이 바쁩니다. 얼큰하고 뜨거운 국물을 마시는 소리가 요란했어요.

해마다 이맘때가 되면 기태네 식구들은 보신탕을 해 먹는답니다. 아빠는 여름처럼 땀을 많이 흘리고 기운이 빠지는 계절에 보신탕을 먹으면 힘이 난다고 하셨어요.

기태는 보신탕이 무슨 고기인지는 정확히 몰랐어요. 닭고기는 아닌 것 같고, 아마도 소고기나 돼지고기를 특별하게 요리한 거라고 생각했지요. 고기라면 뭐든 가리지 않고 좋아하는 기태지만 보신탕은 자주 먹지 못하는 특별식이라서 더욱 좋아한답니다.

오랜만에 기태네 집에 오신 외할머니는 기태가 보신탕 먹는 모습을 보고 웃으며 말씀하셨어요.

"아이고, 기태는 어린애가 보신탕을 이렇게 잘 먹는다니?"

"맛있기만 한데요? 저 원래 고기 좋아하잖아요."

기태는 자랑스럽게 말했습니다. 말을 하는 도중에도 입안에는 고기 국물이 가득했습니다.

"기태야, 밥도 같이 먹어야지."

엄마는 기태가 일부러 밀어 놓은 밥그릇을 다시 가까이 놔 주셨어요. 기태는 오늘만큼은 밥이 먹고 싶지 않았어요. 고기 요리가 나오는 날에는 밥 대신 고기만 많이 먹고 싶었거든요.

"밥은 먹기 싫은데……."

기태가 엄마 눈치를 보며 조그맣게 투덜거렸어요. 할머니는 뜨거운 고기 국물을 "후후" 불며 떠먹는 기태를 흐뭇하게 바라보셨지요.

"할머니, 저 고기 좀 더 주세요!"

기태는 할머니께 애교를 부리듯 졸랐어요. 할머니는 얼른 자신의 국그릇에서 고기를 건져 주려 하셨어요. 그러자 엄마가 할머니를 말리며 나서셨지요.

"그러지 마시고 어머니 많이 드세요. 얘 벌써 고기를 얼마나 많이 먹었는데요. 어찌나 많이 먹는지, 병원에 가면 벌써 고기 좀 줄이라는 얘기를 듣는다니까요?"

"그래?"

할머니가 눈이 휘둥그레져서 기태를 다시 보셨어요. 기태는 엄마의 말에 무안해서 말없이 딴전을 피웠어요. 할머니는 기태의 머리를 쓰다듬으며 말씀하셨어요.

"기태야, 밥이랑 다른 반찬도 먹어야지, 고기만 그렇게 먹으면 큰일 난다."

'할머니까지 고기를 못 먹게 하시다니, 고기 많이 먹는 게 진짜 나쁜 건가?'

어린애가 보신탕을 먹는다고 기특해하시던 할머니마저 편식 이야기를 하시자 기태는 마음이 불편했어요. 맛있는 고기를 자꾸만 줄이라고 하시는 엄마에게도 섭섭했지요.

이튿날, 쉬는 시간에 기태는 문득 어제의 일이 떠올라 친구들에게 보신탕 이야기를 꺼냈어요.

"야, 너희 보신탕 먹어 봤어?"

"보신탕? 그거 개고기 아니야? 난 먹어 본 적 없어."

친구들은 보신탕이 개고기라며 저마다 한마디씩 했어요. 보신탕이 소나 돼지 고깃국인 줄 알았던 기태는 깜짝 놀랐지요.

"뭐? 개라고? 그게 정말이야?"

"응, 몰랐단 말이야?"

"난 지금까지 몰랐는데……. 맛도 소고기랑 똑같던데?"

"기태, 너 개고기도 먹어? 으아, 징그러워! 하여튼 기태 넌 고기라면 사람 빼고 다 먹겠다."

한 친구의 말에 다른 아이들이 킥킥대며 웃었어요.

"어른들이 소고기라고 속여서 모르고 먹었구나? 사실은 나도 그런 적 있어."

"어휴! 기태는 강아지 먹었대요!"

기태는 아이들의 놀림에 얼굴이 금세 빨개졌어
요. 하지만 조금 더 생각해 보니, 개고기라고 해서
먹으면 안 될 게 뭐 있나 하는 생각이 들었지요.

"보신탕 진짜 맛있어!
개고기가 뭐 어때서? 소
나 돼지랑 다 똑같은 동
물인데……."

보신탕

"그래도 강아지는 애완동물이잖아. 어떻게 애완동물을 먹어? 징그럽게……."

친구들은 혐오스럽다는 듯 기태를 일제히 쳐다보았지요. 하지만 기태는 아무렇지 않다는 듯 당당히 따졌어요.

"외국에서는 돼지도 애완동물로 기른댔어."

"더러운 돼지를 어떻게 애완동물로 길러?"

"돼지도 새끼 때는 귀엽다, 뭐."

"그래도 강아지를 먹는 건 야만인이랬어. 강아지가 먹을 게 어디 있다고 잡아먹니?"

"맞아. 내가 텔레비전에서 봤는데 개고기 만들 때 개들을 엄청 잔인하게 죽인대. 나무에 매달아 놓고 몽둥이로 막 때린대!"

뭐든 아는 척을 하는 현수가 끼어듭니다. 기태도 지지 않았어요.

"말도 안 돼. 그럴 리가 있나?"

"기태는 야만인이래요!"

친구들은 막무가내로 기태를 놀리기 시작했어요. 기태가 무슨 나쁜 일이라도 한 것처럼 말이지요. 기태는 약이 올랐어요.

"고기가 맛만 있으면 됐지. 이것저것 따지기는!"

"그렇게 고기라면 뭐든 안 따지고 먹으니까 기태 네가 그렇게 배만 뽈록 나온 거야. 딴 것도 좀 먹어."

친구들은 재미가 들렸는지 계속해서 기태를 놀려 댔어요.

"흥! 그래, 너네 잘났다."

기태는 잔뜩 심통이 나서 온종일 씩씩거렸답니다.

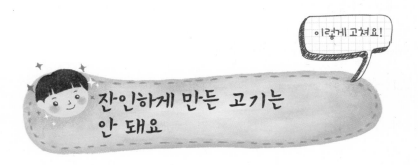

이렇게 고쳐요!

잔인하게 만든 고기는 안 돼요

맛있는 고기라면 가리지 않는 기태. 기태의 말처럼 정말 고기는 맛만 있으면 다일까요? 고기를 먹는다는 것은 다른 동물의 생명을 빼앗는 일입니다. 그렇다면 고기를 먹는 게 나쁜 일이냐고요? 그런 건 아니에요. 생태계에서 육식이나 잡식 동물이 다른 동물의 고기를 먹는 일은 자연스러운 일이랍니다.

그런데 문제가 생겼어요. 현대의 사람들은 옛날과는 달리 고기를 얻기가 쉬워졌어요. 가축이나 어패류를 가두어 놓고 기르다가 필요하면 언제든 식량으로 쓰곤 합니다. 어렵고 위험하게 사냥을 하지 않아도 상점에 가면 얼마든지 고기를 사 먹을 수 있어요. 그러다 보니 어렵게 얻은 먹을거리에 대해 감사하게 여기는 마음은 사라져 버렸습니다. 이제 사람들은 어떻게 하면 고기를 더 많이, 더 맛있게 먹을까 하는 고민에만 몰두해 있는지도 모릅니다.

어떤 고기는 단순히 산 동물을 죽이는 것보다 더 잔인한 과정을 거쳐 만들어져요. 고기가 될 동물들을 잔인한 방법으로 사육하거나 도축하는 것이지요. 개고기가 비난을 받는 이유도 일부에서 폭력적인 방법으로 개를 도축하기 때문입니다.

개는 본래 우리나라의 문화에서는 애완동물이 아니라 가축에 속했습니다. 소나 돼지처럼 크고 비싼 가축을 먹기 힘들었던 우리 조상들은 부족한 영양을 채우기 위해 일찍부터 개고기를 활용해 왔어요. 그런데 근대에 개를 다른 가축보다 귀하게 여기는 서양의 문화가 들어오면서, 개고기 문화는 배척을 받기 시작했어요. 게다가 소나 돼지, 닭처럼 먹는 사람들이 많지 않아서 개는 전문 도축장도 그리 많지 않아요.

그러다 보니 현수가 말한 것처럼 잔인한 방법으로 개를 도축하는 사람들이 생긴 거예요. 이런 사람들은 고기를 때리면 더 연하고 맛있어질 거라는 잘못된 믿음 때문에 그러한 방법을 쓴다고 합니다.

더 맛있는 고기를 얻고 싶어 하는 사람들의 욕심은 다른 사례에서도 엿볼 수 있어요.

세계 3대 진미로 알려져 있는 '푸아그라'는 '살찐 간'이라는 뜻을 지니고 있어요. 오리나 거위의 간을 비정상적으로 크고 기름지게 만든 것을 말하지요.

푸아그라는 기름기가 많아 부드러운 맛으로 유럽에서 사랑을 받는 요리 재료예요. 그런데 거위의 간을 기름지고 비대하게 만들기 위해서는 사육할 때 끔찍한 방법이 동원된다고 합니다. 거위의 입에 관을 꽂아 억지로 음식을 집어넣고, 비좁은 우리에 가둬 운동을 전혀 할 수 없게 만드는 거예요. 사람들이 원하는 고기를 만들기 위해 거위의 건강을 해치고 고통을 준다니 얼마나 이기적인 일인가요?

자주 논란이 되는 또 다른 사례는 바로 상어의 지느러미 요리로, 중국 3대 진미 중 하나인 '샥스핀'입니다. 바다의 포식자인 상어의 지느러미는 얻기도 힘든데다가 맛이 독특해서 고급 중국요리 재료로 알려져 있어요.

하지만 이 샥스핀은 최근 동물 보호를 외치는 사람들에 의해 점점 퇴출되고 있는 실정이에요. 작은 지느러미 한 점을 얻기 위해 커다란 상어 한 마리가 통째로 희생되기 때문입니다.

그게 무슨 얘기냐고요? 상어는 지느러미에 비해 다른 부위의 고기 가격이 싸다고 해요. 사람들은 애써 띄운 배에 다른 부위의 고기보다는 지느러미만 싣고 가길 원하지요. 그래서 바다에서 상어를 잡으면 지느러미만 떼어 내 챙긴 뒤, 몸통은 그냥 바다에 버리는 경우가 많아요.

그러면 상어는 살아남은 것 아니냐고요? 그렇지 않아요. 지느러미를 잃은 상어는 더 이상 물속에서 균형을 잡고 헤엄칠 수 없답니다.

그래서 수영을 하지 못한 채 깊은
바다 속으로 가라앉고 말아요. 결국
목숨이 다할 때까지 고통스러운 시간
을 보내야 하는 거예요.

그럼 푸아그라와 샥스핀 같은 고기
만 피하면 될까요? 그렇지 않아요.

고기만 찾는 사람들의 욕심이 계속되는 한, 이러한 동물 학대는 끊이지 않을 거예요. 비위생적인 환경에서 대규모로 사육되는 가축들, 초식 동물에게 육류를 사료로 주는 일 등이 뉴스에서 계속해서 보도되고 있어요. 동물들이 겪은 학대는 결국 그 고기를 먹는 인간들에게도 안 좋은 결과를 가져올 수 있어요. 본래 자연 상태의 것이 아닌, 공장에서 찍어 내듯 만들어지는 고기가 건강할 리 없으니까요.

그러니 여러분도 고기뿐만 아니라 다양한 요리 재료를 즐기도록 노력해 보세요. 지금 만들어진 식습관은 평생의 건강을 결정할 정도로 중요하답니다. 고기만 먹는 것은 자신의 건강을 위해서도 좋지 않아요. 고기만을 지나치게 즐기면 비만이 되기 쉬울 뿐만 아니라 대장암 등 성인병에 걸릴 확률도 높아지거든요. 최근에 발표된 자료에 따르면, 소고기나 돼지고기 등을 즐기는 사람은 수명도 짧다는 연구 결과도 있어요.

결국 골고루 먹는 습관이 다른 동물뿐만 아니라 여러분 자신의 생명을 지키는 일이기도 한 셈이지요.

4

어르신들은 좀 답답해요

"어머니, 또 어디를 나가시려고 그러세요?"

텔레비전을 보며 쉬고 계시던 아빠가 할머니를 보고 말씀하셨어요. 할머니는 나가시려다 말고 아빠를 돌아보며 미안한 듯 말씀하셨어요.

"병원에서 좀 걸어 다니래서. 불편하다고 계속 앉아만 있으면 허리에 더 안 좋다더라."

"해 좀 지면 나가시지, 덥게…… 이따 저랑 같이 가세요. 저 지금

피곤해서 조금만 쉬고, 이따가 모시고 나갈게요."

푸념 같은 아빠의 목소리에 할머니가 손을 저으시며 말씀하셨어요.

"아니다. 나 혼자 나가도 돼. 한낮에는 기운이 있어서 여기 가까운 데까지는 슬슬 다녀와도 돼."

할머니의 말씀에 아빠는 리모컨으로 채널을 돌리면서 말씀하셨어요.

"에이, 어머니. 걱정되게 그러시지 말고 좀 이따 저녁에 같이 나가세요."

할머니는 현관에서 신발을 신으시다 말고 아빠의 눈치를 보셨어요. 그러다 결국 말없이 신발을 벗고 들어오셨지요.

아빠는 온종일 텔레비전을 보시다가 저녁이 되어서야 갑자기 시계를 보며 말씀하셨어요.

"어이쿠, 시간이 벌써 이렇게 됐네. 어머니 걷고 오셔야 하는데……. 민주야! 송민주!"

민주는 갑자기 자신을 부르는 목소리를 듣고 방에서 크게 대답했어요.

"아빠, 왜요?"

"민주야, 나가서 할머니랑 산책 좀 하고 오렴."

민주는 왠지 귀찮고 짜증이 났답니다. 좋아하는 만화책을 보던 중이었거든요. 그래서 침대에 누운 채 건성으로 대답했어요.

"저 지금 다른 일 하고 있어요! 민우가 가면 되잖아요!"

"민우는 아직 어리잖아. 네가 좀 다녀와."

"얘, 아범아. 난 괜찮다. 다음에 나가면 되지. 시간도 늦었는데 뭘 산책이냐."

식구들이 티격태격하며 신경 쓰는 것이 싫으셨는지, 할머니는 산책을 안 나가려 하셨어요.

"그래도 병원에서 걸어 다니라고 하셨다면서요?"

"아휴, 뭐 시간이 될 때 그러라는 거겠지. 나 요즘에 자주 나가니까 괜찮다."

하지만 사실 할머니는 일주일 동안 거의 밖에 나가시지 못했답니다. 식구들이 산책 가는 걸 귀찮아해서 아무도 모시고 가지 않았거든요. 혼자서 산책을 나가시려고 해도 위험하고 신경이 쓰인다며 식구들이 만류했어요.

민주와 민우는 모두 학교에서 일찍 돌아오지만 할머니랑은 얘기를 잘 하지 않았어요. 엄마도 온종일 집안일과 약속으로 바쁘시지요. 방에 누워 계시던 할머니는 답답하고 허리가 아파 주방을 들여다보셨어요.

"어머니, 허리도 안 좋으신데 그냥 누워 계세요. 부엌일은 제가 하니까요."

엄마의 말에 할머니는 머쓱해져 거실로 나오십니다. 손주들의 방문은 여전히 굳게 닫혀 있어요. 어디로 갈까 고민하던 할머니는 베란다로 나가 보셨어요. 햇빛이 너무나 환하고 좋은 날이었지요.

'애들 성가시게 안 하고 베란다에서 햇볕만 쬐어도 좋구나.'

할머니는 베란다에 둔 화분들을 살피기 시작하셨어요. 이름 모를 화려하고 예쁜 화분들이었지요. 외국에서 들어온 귀한 품종이라 엄마가 큰맘 먹고 장만하신 거였어요. 귀한 화분들에 흙이 다 말라 있는 것을 본 할머니는 물을 좀 주어야겠다고 생각하셨어요.

'민주 애미가 바빠서 물 주는 걸 깜빡한 모양이로군.'

할머니는 물뿌리개에 담겨 있는 물을 화분에 뿌려 주셨어요. 흙이 촉촉해지자 꽃도 더 생기 있어 보여 흐뭇하셨지요. 그런데 잠시 후, 베란다를 지나가던 엄마가 화분들을 보더니 외치는 것이었어요.

"어머, 어머니! 지금 화분에 뭐 주신 거예요?"

엄마는 슬리퍼도 신지 않고 황급히 베란다로 뛰어 들어갔어요. 큰일이라도 난 듯한 엄마의 태도에 할머니도 당황하셨지요.

"으응? 물 줬지. 흙이 바싹 말라 있더라."

"어휴, 그거 물 아닌데……. 그건 영양제라 그렇게 많이 주면 안 되는 건데……. 아이 참, 이를 어쩌나."

엄마는 화분을 살피며 발을 동동 굴렀어요. 할머니는 당황하고 미안해서 어쩔 줄 몰라 하셨어요.

"아이고! 그랬냐? 내가 괜히 물을 준다고 나섰구나."

"그러시지 않아도 제가 알아서 정해진 시간에 주는데……."

엄마가 원망 섞인 목소리로 말을 흐리셨어요. 할머니는 민망하셨는지 말없이 방으로 들어가셨지요. 엄마가 화분의 흙을 휴지로 열심히 닦아 내셨지만, 며칠 후 화분은 심하게 말라 버리고 말았어요.

그로부터 며칠 후, 민주네 가족은 결국 할머니를 먼 지방의 양로 시
설에서 모시기로 했어요. 식구들 모두가 바쁘고 귀찮아서 할머니를
돌봐 드릴 수 없었거든요.

민주와 민우는 떠나시는 할머니를 배웅했어요.

"할머니, 안녕히 가세요. 자주 놀러 갈게요!"

민주와 민우의 인사에 할머니는 고개를 끄덕이셨습니다. 그러고는 민주의 손을 잡고 이렇게 말씀하셨어요.

"민주야, 네가 맏이니까 부모님 말씀 잘 듣고 동생 잘 보살펴 줘야 한다."

민주는 정말 오랜만에 할머니의 손을 잡아 본 것 같았어요. 같이 계실 때 좀 더 잘해 드리지 못한 것이 갑자기 죄송하게 느껴졌지요.

할머니가 떠나시고 나자 집은 한층 조용해졌어요. 그런데 같이 계실 때는 귀찮게만 느껴지던 할머니가 자꾸만 궁금해지는 것이 아니겠어요?

2주 후, 부모님은 할머니를 뵈러 양로 시설에 다녀오셨어요. 차로 한참을 가야 하니 늦을 거라고 하셨지요. 오전 일찍 출발하신 부모님은 저녁이 다 되어서야 돌아오셨어요. 민주는 엄마, 아빠가 돌아오시자마자 기다렸다는 듯 여쭤 봤답니다.

"엄마, 아빠! 할머니 잘 계셔요? 거기 좋으시대요?"

"응, 건물이 산에 둘러싸여 있어서 공기도 아주 맑고, 친구도 많이 사귀셨더라고."

아빠가 대답하셨어요. 민주는 그제야 안심이 되었어요.

'다행이다. 우리 집보다 거기가 더 재미있고 좋으신 모양이네.'

민주는 마음이 편해졌어요. 그날 이후로도 가끔 할머니가 떠오르는 날이 있었지만, 더 이상 죄송하고 불편한 마음은 아니었답니다.

그러는 사이, 몇 달이 훌쩍 지나갔어요. 처음에는 한 달에 한 번씩 꼭 할머니를 찾아뵙던 부모님도 점점 요양원에 가는 것을 귀찮아하셨지요. 그리고 6개월만인 할머니의 생신 때가 되어서야 온 가족이 할머니를 뵈러 가게 되었습니다.

자동차는 고속도로로, 산골 도로로 한참을 달렸어요. 민주와 민우가 꾸벅꾸벅 졸다가 잠이 들 쯤에야 할머니가 계신 곳에 도착했답니다. 민주는 할머니께 드릴 케이크와 선물을 챙겨 차에서 내렸지요.

그런데 오랜만에 뵌 할머니는 무척 수척해지신 것 같았어요. 얼굴 빛도 어두워 보이시고 부쩍 여윈 것처럼 보였지요. 민주는 기운 없이 침대만 바라보고 계신 할머니를 보자 마음이 아팠답니다.

"어머니, 잘 지내셨어요? 허리는 좀 괜찮으시고요?"

아빠의 물음에 할머니는 조용히 고개를 끄덕이셨어요. 집에 계실 때보다도 말수가 훨씬 적어지신 것 같았지요.

민주는 할머니가 너무 슬프고 외로워 보여 다시 집으로 모시고 가셨으면 좋겠다고 생각했어요. 함께 사실 때 좀 더 신경을 써 드리지 못한 것이 이제 와 후회되었지요.

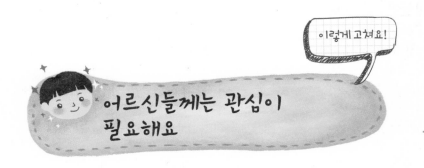

이렇게 고쳐요!

어르신들께는 관심이
필요해요

사람은 누구나 나이가 들면서 신체 기능이 약해집니다. 다리나 허리가 안 좋아지기도 하고, 눈과 귀가 어두워지기도 하지요. 은퇴를 한

뒤 크고 작은 병을 얻으신 어르신들은 젊은이들의 보살핌을 필요로 하신답니다. 젊은이들이 아기였을 때 그분들의 보살핌을 받았던 것처럼 말이지요.

그런데 요즘 젊은이들은 이것을 시간 낭비인 양 여기고 꺼리는 경우가 많아 문제가 되고 있어요. 조금만 깊이 생각해 본다면, 지금 우리가 어르신들께 하는 행동은 나중에 우리가 후손으로부터 받게 될 대우라는 것을 알 수 있을 텐데 말이지요. 노화는 모든 생물이 거쳐 가야 할 단계니까요. 우리들도 물론 피할 수 없는 것이지요.

어르신들은 젊은이들로부터 여러 가지 도움을 필요로 하신답니다. 거동이 불편하신 분은 시중을 들어 드려야 하고, 경제적 어려움에 처하신 분께는 물질적 도움을 드려야 하지요. 하지만 학교도 가야 하고 돈도 벌지 않는 우리 학생들이 이러한 도움을 드리기는 어렵겠지요? 우리가 할 수 있는 일은 바로 관심을 가져 드리는 일입니다.

활동이 적어진 어르신들은 외로움과 소외감을 느끼시기 쉽답니다. 여러분이 안부 전화나 편지를 해 드리는 것, 가족들과 함께 찾아뵙는

것만으로도 어르신들께는 큰 기쁨이 되지요. 시간이 나면 함께 대화

를 해 드리거나 무언가를 가르쳐 달라고 해 보세요. 이렇게 쉽게 할

수 있는 작은 일로도 어르신들께 큰 활력을 드릴 수 있답니다.

5 어느 나라 친구들을 도울 방법이 있나요?

준수는 아침부터 기분이 좋지 않았어요. 등교하는 길에 친구 영
찬이가 새로 산 휴대 전화를 자랑했기 때문이에요. 어제까지만 해도
준수처럼 오래된 휴대 전화를 쓰던 친구였는데 말이지요.

'어휴, 영찬이까지 울트라2를 샀으니 이제 나만 원시인이라고 놀림
받겠네.'

준수는 자신의 휴대 전화를 꺼내 봤어요. 재작년에 부모님을 졸라
겨우 산 스마트 폰입니다.

"36개월 약정이니까 3년 동안 잃어버리지 말고 잘 써야 해."

조르기 시작한 지 꼬박 세 달 만에 휴대 전화를 사 주시며 엄마가 하신 말씀이었지요. 준수는 틀림없이 그러겠다고 굳게 약속을 했었어요. 그런데 그 약정 기간이 아직 반밖에 지나지 않았는데 준수의 휴대 전화는 벌써 구형 모델 취급을 받고 있어요.

'3년이면 아직 1년도 더 남았네.'

새것을 사려면 아직 한참 남았다니 준수는 한숨이 나왔어요. 차라리 휴대 전화가 고장 나 버렸으면 좋겠다는 생각도 했지요. 하지만 휴대 전화는 아직 새것처럼 말짱했어요. 생각해 보니 고장도 나지 않고 아직 쓸 만한 휴대 전화를 바꿔야 한다는 게 억울하기도 했어요.

'맞아. 그러고 보면 아직 새것인데 말이야. 왜 이렇게 금방 신제품이 나와서 바꾸고 싶게 만든담.'

준수는 속으로 투덜댔지요. 하지만 어쨌든 중요한 것은 이제 준수의 친한 친구들 사이에서 울트라1을 들고 다니는 아이는 준수 혼자라는 것이었어요. 친구들은 서로 자신의 최신 기종 휴대 전화를 자랑했답니다.

"내 휴대 전화는 음성 메신저도 된다! 울트라2부터 되는 거래."

"나도 울트라2인데! 야, 우리 게임할 때 음성 메신저로 얘기하면 되겠다."

"그러게! 여러 명이 한 번에 같이 대화할 수도 있다던데? 영찬이도 울트라2랬지?"

"응, 그거 어떻게 하는 거야? 나도 알려 줘."

울트라2를 들여다보며 친구들은 신이 나 있었어요.

"나는 그 음성 메신저 안 되는데……."

"아, 맞다. 준수 때문에 안 되겠구나. 그럼 그냥 다른 걸로 얘기해야 겠네."

친구들은 준수의 구형 휴대 전화 때문에 김이 빠진 것 같았어요. 준수는 다들 사는 휴대 전화를 발맞추어 사지 못한 것이 왠지 미안해졌어요.

그래서 준수는 집에 가자마자 또 휴대 전화를 사 달라고 조르기 시작했답니다.

"엄마, 엄마! 제발 울트라2 사 주세요. 나 그거 없어서 따돌림당하게 생겼단 말이에요."

"얘가! 너 지금 가진 그 휴대 전화 안 사 주면 애들하고 못 논다고 조르던 게 엊그제야."

엄마 말씀이 틀린 건 아니었지만 준수는 입을 삐죽 내밀었어요.

"울트라2에만 있는 메신저를 못 써서 진짜 따돌림당할 것 같아요. 제발요."

준수는 불쌍한 척도 하고 투정도 부려 보았지요. 하지만 엄마는 단호하셨어요.

"안 돼. 준수 너 생각이 있니? 멀쩡한 걸 두고 새것을 사 달라고? 너만한 나이에 그런 좋은 휴대 전화를 가진 게 어딘데 자꾸만 떼를 쓰니?"

"에이, 요즘 이런 휴대 전화 안 가진 애가 어디 있어요?"

준수는 말도 안 된다는 듯 큰소리를 쳤어요.

"어디 있긴? 연아는 아빠가 예전에 쓰시던 걸 그냥 쓴다던데."

연아는 준수네 윗집에 사는 친구입니다. 준수와 같은 반인데, 엄마 말씀대로 전화와 문자만 겨우 되는 오래된 휴대 전화를 가지고 다니지요.

'쳇, 걔는 걔고 나는 나지. 내 친구들은 울트라2로 자기들끼리만 메신저도 하는데!'

연아가 왜 최신 휴대 전화를 사지 않는지는 아무도 몰랐어요. 어쨌든 휴대 전화로 게임을 하거나 여러 가지 프로그램을 쓸 수 없다니 너무나 불편할 것 같았지요.

이튿날, 준수는 연아에게 직접 물어보기로 했어요.

"연아 너는 울트라2 안 사?"

연아는 마침 옆에 놓인 자신의 휴대 전화를 바라보며 말했어요.

"아직 내 휴대 전화 이렇게 멀쩡해."

"그래도 게임이랑 메신저, 인터넷도 못하잖아."

하지만 연아는 뭐가 문제냐는 듯 고개를 갸우뚱했어요.

"아예 휴대 전화도 없는 애들도 많은데 뭐."

"많기는! 우리 반 애들만 해도 거의 다 가지고 있는데?"

준수의 불만스러운 표정을 본 연아는 갑자기 자신의 어린 시절 이야기를 하기 시작했어요.

"너 내가 어렸을 때 중국에서 살았던 거 알지?"

"정말? 몰랐어. 너 그럼 중국어도 할 줄 알아?"

준수가 의외라는 듯 물었어요.

"당연하지. 그런데 그게 중요한 게 아니야. 그때 친구들 중에 지금도 연락을 하는 친구들이 몇 명 있거든. 그런데 얼마 전에 인터넷에 중국 애들에 관한 기사가 뜬 거야. 내 친구들이랑 중국에서 다니던 학교 생각이 나서 반가운 마음에 클릭해 봤는데, 그런 내용이 아니더라? 나랑 비슷한 또래 아이들이 휴대 전화 공장에서 일하느라 고생을 한다는 이야기더라고."

"그게 무슨 말이야?"

아이들이 휴대 전화 공장에서 일을 하다니, 준수는 잘 이해가 가지 않았지요.

'중국은 휴대 전화 만드는 아르바이트가 유행인가?'

연아는 답답하다는 듯 계속해서 얘기했어요.

"그 울트라 시리즈 휴대 전화 공장이 중국에 있대. 그런데 거기서 우리랑 비슷한 또래 애들이 휴대 전화를 만든다는 거야."

"정말? 설마. 이렇게 비싼 최신 기계를 우리처럼 어린애들이 어떻게 만들겠어?"

준수는 고개를 갸우뚱했어요.

"나도 놀랐어. 걔네들은 돈을 벌어야 해서, 잠자는 시간만 빼고 하루에 반을 꼬박 공장에서 일하는 데 쓴대. 어떤 때는 잠도 못 자면서 말이야. 휴대 전화를 만들 때 위험한 약품 같은 것도 쓰이는데 그런 걸 다루는 일도 애들이 한다더라고. 말을 잘 안 들으면 맞기도 한대."

"말도 안 돼. 상상이 안 가."

연아와 준수는 둘 다 심각한 표정이 되어 서로를 쳐다봤어요. 준수는 자신의 휴대 전화에 대고 괜히 나무라듯 얘기했어요.

"에잇, 그렇게 힘들게 만든 걸 왜 매년 바꾸게 하는 거야!"

"누가 바꾸라고 하니? 네가 그냥 쓰기로 마음먹으면 고장 날 때까지 몇 년은 더 쓸 텐데."

연아의 말에 준수는 부끄러워하며 고개를 끄덕였어요.

'나 같은 사람들이 울트라2를 사면 그 회사에서는 또 다음 해에 울트라3를 만들겠지? 그럼 또 그 친구들이 잠도 못 자면서 휴대 전화를 만들어야 하고…….'

준수는 휴대 전화 회사가 나쁘다는 생각이 들었어요. 그런데 한편으로는 그 휴대 전화 공장에 일거리가 없으면 그 아이들이 돈을 못 벌까 봐 걱정이 되기도 했답니다.

'왜 어린애들이 돈을 벌어야 하는 걸까? 어른들은 대체 뭘 하길래.'

준수는 휴대 전화를 사는 게 그 아이들을 도와주는 건지, 사지 않는 게 도와주는 건지 너무나 헷갈렸어요.

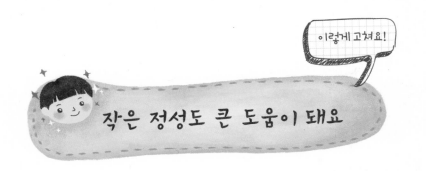

작은 정성도 큰 도움이 돼요

어린이들은 몸과 마음이 자라나는 단계에 있습니다. 성인과는 달리 스스로를 지키기 어렵고, 배울 것이 많은 시기이지요. 어린이들은 곧 다가올 시대의 성인을 뜻하기도 해요. 그래서 어린이들이 바르고 건강하게 자라는 것은 사회 전체에게 매우 중요한 일이랍니다.

국제 연합인 유엔(UN)에서도 어린이들이 안전하게 살아가고 성장할 수 있는 권리를 담은 '아동 권리 조약'을 만들어 회원국들과 공유했어요. 이에 따르면 어린이들은 자라나는 데 필요한 음식이나 치료, 주거지 등을 걱정하지 않을 권리가 있답니다. 또한 적절한 교육을 받고, 각종 폭력이나 착취로부터 보호를 받을 권리가 있지요.

그러나 경제적으로 어렵거나 전쟁의 위기를 겪는 지역에 사는 어린이들은 이러한 권리를 누리지 못해요. 피난을 가기 위해 집을 떠나 헤매거나 일터로 내몰리는 것입니다. 그런 아이들은 어른들에게도 고된 수준의 노동을 하기도 해요. 돈을 벌거나 피난을 가야 하는 아이들, 병이나 목마름으로 생명이 위태로운 아이들은 미래에 대해 고민할 겨를이 없답니다. 당장 오늘을 살기도 빠듯하니까요.

그런 아이들은 교육을 받을 여유가 없습니다. 이것은 매우 불행한 일이에요. 교육을 받지 못하면 성인이 되어서도 자신이 원하는 삶을 살기 어려우니까요.

그래서 많은 아동 보호 단체나 기타 자선 단체에서는 이 아이들이 성장하고 교육받는 데 집중할 수 있도록 경제적인 지원을 하고 있어요. 여러 사람의 작은 성금을 모아 큰 도움으로 만들고 있지요. 우리나라에 비해 물가가 낮은 빈곤 국가에서는 같은 금액으로도 많은 것을 누릴 수 있답니다. 여러분의 용돈을 아껴 이러한 단체에 기부해 보세요. 여러분에게는 큰돈이 아니더라도 어려운 지역의 친구들에게는 무척 큰 도움이 될 테니까요.

아동의 노동력을 헐값에 이용해 돈을 버는 사람들이 사라지도록 힘을 모을 수도 있어요. 어린이들의 노동력을 착취해 만들어진 상품을 사지 않는 것이에요. 세계의 아동 보호 단체들은 지구 곳곳을 감시하며 아동 노동력 착취가 일어나지 않도록 감시한답니다. 그리고 어린이들의 노동력을 부당하게 이용하고 있는 브랜드를 찾아 사회에 알려 주지요.

소비자들이 그런 부당한 브랜드의 물건을 일제히 사지 않으면 어떨까요? 그러면 기업들은 어린이들의 노동을 착취하는 것이 결코 많은 돈을 벌어다 주지 않는다는 사실을 깨닫게 될 거예요. 그리고 일터의 어린이들은 다시 학교와 가정의 품으로 돌아가게 되겠지요.

어때요? 먼 나라 친구들을 돕는 일, 어렵지 않지요?

6

헌혈은 무서워요

"형! 어디 가?"

형이 옷을 챙겨 입는 것을 보고 현우가 물었어요. 형이 외출을 하려
는 모양이에요. 부모님도 안 계신 집에 혼자 있기 싫은데 말이지요.

"응, 요 앞에 헌혈하러 가려고."

"헌혈? 또? 영화 표랑 초코 과자 받으려고 그러는 거지? 나중에 가
면 안 돼? 나 혼자 있으면 심심하단 말이야."

현우는 형에게 떼를 써 봅니다. 현우보다 열한 살이나 많은 형은 현

우가 조르면 무슨 부탁이든 잘 들어주거든요.

"금방 갔다 오는데 뭐. 심심하면 너도 같이 갈래?"

형의 말에 현우는 호기심이 생겼습니다. 형은 도대체 뭐가 그렇게 좋아서 헌혈을 하러 다니는지 늘 궁금했거든요. 헌혈을 할 때는 팔에 큰 주사 바늘을 꽂고 있어야 한다는데 말이에요.

'아플 때 주사 맞는 것도 싫은데, 형은 왜 일부러 주사를 맞으러 가는 걸까?'

형이 아픈 주사도 마다 않고 헌혈을 하는 데에는 분명 이유가 있을 거라는 생각이 들었어요. 현우는 형을 따라 한번 가 보기로 했어요.

헌혈 센터는 현우네 집 근처 지하철 역 앞에 있었어요. 현우는 자기보다 다리가 긴 형을 따라가느라 빠른 걸음으로 걸어야 했어요. 현우는 열심히 걸으며 형에게 질문을 했어요.

"형, 헌혈하면 정말 영화 표랑 문화 상품권 줘?"

같은 반 친구들에게 들은 이야기입니다. 헌혈을 하면 영화 표나 상품권 같은 선물을 준다는 것이었어요. 현우는 그게 정말이라면 자신도 헌혈을 하고 싶다고 생각했어요.

"응, 제발 헌혈 좀 하라고 주는 거겠지. 사람들이 얼마나 헌혈을 안 하면 그러겠어?"

"우아! 정말이야? 그럼 나도 헌혈할래, 응?"

"으이그!"

형은 장난스럽게 현우의 머리를 쓰다듬었어요. 현우는 선물도 안 주면 누가 헌혈을 하겠느냐고 생각했어요.

현우가 상품권과 선물에 대해 떠드는 사이, 둘은 헌혈 센터에 도착했습니다. 잘 꾸며 놓은 병원 같은 곳이었어요. 로비에는 많은 사람이 앉아 자신의 차례를 기다리고 있었지요. 친구들끼리 온 사람, 혼자 온 사람, 연인끼리 온 사람 등 정말 다양한 사람들이 헌혈을 하러 왔어요.

'이 사람들도 다 선물을 받고 싶어서 온 거겠지?'

현우는 생각보다 많은 사람이 주사를 맞으러 왔다는 사실에 놀랐어요.

병원처럼 간호사 유니폼을 입은 아주머니들이 지나다니자 현우는 자신도 모르게 바짝 긴장을 했고, 점점 말이 없어졌어요. 현우가 움츠

러든 것을 본 형은 과자와 음료가 있는 쪽을 가리키며 말했어요.

"현우야, 가서 과자 좀 먹고 있어."

하지만 과자 선반 옆으로 보이는 채혈실의 광경은 현우를 더욱 두렵게 만들었어요. 사람들이 치과 의자 같은 커다란 의자에 비스듬히 누워 피를 뽑고 있었답니다. 꼭 병원에 온 것만 같았지요. 현우는 자신이 주사를 맞는 것처럼 겁이 나서 형 옆에 꼭 붙어 있었습니다.

"너 무섭구나? 저 주사 하나도 안 아파."

형이 현우를 놀리듯 킥킥대며 말했어요.

"누, 누가 무섭대?"

현우는 애써 고개를 돌려 텔레비전을 보는 척했답니다.

이윽고 형의 차례가 되었어요. 형은 금방 돌아오겠다며 채혈실로 들어갔지요. 현우는 잠시 자리에 앉아 있다가 괜히 불안한 마음이 들어 채혈실 앞으로 갔어요.

살짝 커튼 안을 들여다보자 채혈실 안에서 형이 팔에 주사를 맞는 모습이 보였어요. 주사 바늘이 들어갈 때 형은 얼굴을 살짝 찌푸렸고, 그것을 보고 있던 현우는 형보다 더 심하게 인상을 썼답니다.

'으아! 아프겠다.'

잠시 후 채혈이 시작되자 형의 팔
에서 빨간 피가 가느다란 호스를 타
고 나오는 것이 보였어요. 피를 보자
더욱 겁이 난 현우는 눈을 질끈 감
았지요.

그때 옆을 지나가던 간호사 누나가 현우에게 말을 걸었어요.

"피나는 거 보니까 겁이 나는구나? 누구랑 같이 왔니?"

"형이요."

현우는 작은 목소리로 대답했어요. 눈짓으로 형을 가리키면서 말이지요.

"아, 헌혈하러 자주 오는 남학생의 동생이구나. 너도 크면 형처럼 헌혈하러 자주 올 거니?"

간호사 누나가 다정하게 물었지만 현우는 단호하게 고개를 저었답니다. 형이 헌혈을 하러 오는 것도 이해가 안 가는데 말이지요.

현우의 반응에 간호사 누나는 조금 실망한 표정으로 말했어요.

"에이, 헌혈이 얼마나 좋은 일인데……."

"뭐가 좋은데요?"

"죽을 위기의 사람을 살리는 일이니까."

"사람을요? 진짜로 피가 없어서 죽는 사람도 있어요?"

현우가 눈을 크게 뜨고 진지하게 물었어요.

"다치거나 중요한 수술을 받느라 피가 많이 나면 급하게 수혈이 필요해. 그런데 혈액은 오래 보관했다가 쓸 수 있는 게 아니거든. 만약에 당장 수혈 받을 혈액이 없으면 그 사람은 생명이 위험할 수밖에."

"그래서 사람들이 매일매일 헌혈을 해도 계속 '혈액 부족'이라고 써놓는 거구나."

현우가 대단한 것을 알아낸 듯 혼잣말을 했어요. 간호사 누나는 바로 그거라며 고개를 끄덕였어요. 그러고는 잠시 후 채혈실에서 나오는 현우의 형을 보며 말했지요.

"이런 학생들이 없으면 정말 어떻게 혈액을 모을지 모르겠네."

갑작스레 칭찬을 들은 형은 쑥스러워서 얼굴이 빨개졌어요. 현우는 괜히 형이 자랑스럽게 느껴졌답니다.

집으로 돌아오는 길에 현우가 형에게 물었어요.

"형, 그런데 왜 형은 자꾸 헌혈을 하는 거야? 주사 바늘 꽂고 있으면 아프지 않아?"

아까의 장면이 생각난 듯 눈을 찡그리는 현우를 보며 형이 대답했어요.

"아니야, 처음 바늘을 꽂을 때만 조금 아프고 그다음에는 아프지 않아."

그러더니 형은 헌혈을 자주 하게 된 이유에 대해 말해 주었어요.

"내가 어렸을 때, 그러니까 네가 태어나기도 전에 말야. 엄마가 교통사고가 크게 난 적이 있었어."

"우리 엄마가?"

현우는 놀라서 소리치듯 물었어요. 형은 고개를 끄덕이고는 계속해서 얘기했지요.

"아빠를 따라 나도 병원에 가게 됐는데, 엄마가 정말 많이 다치셨나 봐. 수술을 해야 한다고 하시더라고."

"정말?"

현우는 오래 전의 일이라고 하는데도 얼굴이 파랗게 되었어요.

"응, 정말로. 의사 선생님이 수술을 하려면 수혈을 받아야 한다고 하셨는데, 엄마가 흔하지 않은 혈액형이었어. 그래서 혈액을 구하기가 어려웠던 거야."

"그래서? 그래서 어떻게 됐는데?"

충격적인 이야기에 놀란 현우는 걸음을 멈추고 형의 옷자락을 잡아당겼어요. 형은 현우의 머리를 헝클면서 웃었어요.

"왜 그렇게 놀라? 엄마가 지금은 건강하시잖아. 다행히 늦지 않게 피를 구할 수 있어서 수술이 무사히 끝났지. 그래도 그때를 생각하면, 어휴. 지금도 막 가슴이 쿵쾅쿵쾅 뛰는 것만 같아."

형은 그날의 일이 떠올랐는지 살짝 도리질을 쳤어요. 현우는 엄마가 건강하게 살아 계신 것이 새삼 무척 다행스럽고 행복하게 느껴졌지요.

"그래서 형이 헌혈을 열심히 하는 거야? 다른 사람들 수혈 잘 받으라고?"

"응, 나중에 크고 나서 보니까 나도 엄마랑 같은 혈액형이더라고. 나랑 같은 혈액형인 사람들이 피를 못 구해서 안달하고 있을 걸 생각하니까 종종 헌혈해야겠다는 생각이 들더라."

현우는 이제야 형의 헌혈을 이해할 수 있었어요. 그리고 엄마가 수술을 받을 수 있도록 피를 제공해 주었던 누군가에게 무척 감사한 마음이 들었답니다. 그 사람도 형과 같은 생각으로 수혈을 해 주었겠지요.

현우는 자신도 형만큼 크면 누군가의 생명을 위해 자신이 가진 것을 나누어 주는 사람이 되어야겠다고 결심했어요.

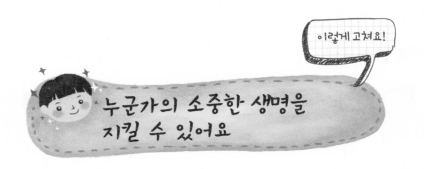

이렇게 고쳐요!

누군가의 소중한 생명을 지킬 수 있어요

몸이 아파서 맞는 주사도 싫은데, 자진해서 맞는 주사라니! 생각만 해도 소름이 돋지요? 헌혈이 아프고 무서워서 싫은 친구가 많을 거예요. 그런데 헌혈은 우리가 가장 쉽게 생명 사랑을 실천할 수 있는 길 중 하나랍니다.

헌혈은 건강한 사람이 다른 사람을 위해 혈액을 기증하는 일이에요. 기증된 혈액은 현우네 엄마처럼 위급한 환자들이나 혈액의 어떤 성분이 모자라 고통받는 사람들을 위해 쓰이게 되지요. 출혈이 많은 환자나 수술 중 출혈의 우려가 있는 환자들은 운이 나빠 혈액을 구하지 못하면 정말로 큰 위험에 처하기도 해요.

우리나라에서는 연간 300만 명이 헌혈을 해 주어야 혈액 부족 사태를 막을 수 있다고 합니다. 그런데 많은 사람이 귀찮고 아프다는 핑계로 헌혈을 하지 않아 충분한 혈액 확보가 어려운 실정이에요.

몸의 상태가 좋을 때, 사람들은 자신이 필요로 하는 것보다 많은 혈액을 여유분으로 가지고 있다고 해요. 혈액은 늘 우리 몸에서 새로이 만들어지고 있거든요. 그래서 여유분의 혈액을 헌혈한다고 해도 우리의 건강에는 전혀 지장이 없습니다. 오히려 헌혈 전에 하는 피 검사를 통해 우리 몸의 병이나 이상 등을 확인해 볼 수도 있으니 유익한 일이지요.

만 16세 이상이 되면 여러분도 헌혈을 할 수 있어요. 남자는 50킬로그램, 여자는 45킬로그램 이상에 B형, C형 간염 등의 질병이 없으며 혈압과 맥박이 정상이어야 하지요. 여드름 치료제 등의 약물을 먹고 있거나 전염병 유행 국가를 방문한 지 얼마 안 된 사람, 수혈을 받은 지 얼마 안 된 사람 등은 헌혈을 할 수 없답니다.

다시 보니 헌혈을 할 수 있다는 것은 우리가 정말로 건강하고 튼튼

하다는 증거인 것 같아요. 헌혈은 자신의 건강에 감사하고 그것을 다

른 사람들과 나누는 아름다운 일이라는 사실, 잊지 마세요.

엄마 아빠가 읽어요

강원대학교병원 소아정신과 황준원 교수님의
〈생명의 가치를 일깨우는 바른 행동 지도안〉

1

• 동식물을 키울 때는 책임을 분담해 주세요

아이에게 생명에 대해 가르칠 때, 어떤 말들을 해 주는 것이 좋을까요? '생명은 이런 거야.'라고 한마디로 다 설명하기 어려운 것은, 생명이라는 것이 그만큼 다양한 특징을 가진 개념이기 때문입니다.

생명은 탄생하기 어려우면서도 끈질기게 이어지는가 하면, 많은 것을 생산하고 소비하기도 합니다. 또한 개체 하나하나가 모두 다르며, 끊임없이 변화하고 성장합니다. 이렇듯 오묘한 생명을 아이에게 가르쳐 줄 수 있는 가장 좋은 방법 중 하나는 생명을 직접 보살필 기회를 주는 것입니다.

식구가 많지 않은 요즘은 애완동물을 가족처럼 친밀하게 기르는 가정이 많습니다. 7세 이상의 아이들은 개나 고양이처럼 표현력이 뛰어나고 활동적인 동물을 기르는 것이 좋습니다. 애완동물과 상호 작용하는 과정은 아이들의 애착과 정서 발달 측면에서 좋은 효과를 얻을 수 있습니다.

또 자녀 입장에서는 동물을 기르며 부모의 입장이 되어 생각하고 공감할 좋은 기회가 됩니다. 애완동물은 또한 자연을 접할 기회가 적은 도시 아이들에게 생명을 가르쳐 주는 좋은 선생님이 되어 주기도 합니다.

그런데 때로는 아이들이 애완동물과 놀기만 하고, 먹이를 주거나 배설물을 치우는 등 애완동물을 보살피는 데 필수적이지만 귀찮은 일은 나 몰라라 하는 경우를 종종 봅니다. 손놀림이 서툰 아이들에게는 동물 돌보는 일이 어렵기도 하거니와, 귀찮아하고 잊어버리는 경우가 잦기 때문입니다.

어른들 역시 서툰 아이를 설득하여 일을 시키는 것이 또 하나의 잔소리가 될까 봐 그냥 놔두는 경우가 많습니다. 하지만 이런 경우에는 애완동물을 키우는 중요한 이유와 키우면서 얻을 수 있는 장점을 아이가 배울 수 없게 됩니다.

작은 일이라도 꼭 아이가 애완동물 돌보는 일에 참여하도록 해 주셔야 합니다. 아이가 먼저 애완동물을 키우게 해 달라고 조를 경우, 애완동물과 노는 것뿐만 아니라 먹이 주기, 산책 시키기, 배설물 치우기 등까지 아이가 직접 하겠다는 약속을 미리 받아 두세요. 어항 물갈이 등 어려운 작업은 부모님 옆에서 아이가 사소한 일이라도 돕게 하는 것이 좋습니다.

중요한 것은 그 생물을 관리하는 데 있어서 '왜 이런 일을 해 주어야 하는지' 그리고 '얼마나 자주 이런 일을 해 주어야 하는지' 등을 아이에게 잘 설명해 주는 것입니다.

"이건 토끼의 이갈이 용품이야. 네가 직접 토끼장에 넣어 주렴."

"엄마, 왜 토끼는 이갈이 용품이 필요해요?"

"토끼는 이빨이 계속해서 자라거든. 갈지 않으면 이빨이 길어져서 입안을 다칠 수 있대."

"그럼 사람도 이를 갈아 줘야 해요?"

"아니, 사람은 이가 계속 자라지 않아. 대신 평생에 딱 한 번 이를 바꾼단다."

이런 식으로 질문과 답을 이어 가다 보면 어느새 아이는 부모님과 함께 동물 백과를 펼치게 될 것입니다. 그리고 생명이 얼마나 정교하고 효율적인 방식으로 이 세상에 적응해 왔는지를 배우게 되겠지요.

시간이나 환경 때문에 애완동물을 기를 수 없다면 비교적 손이 덜 가는 식물을 키워 보세요. 하루가 다르게 쑥쑥 자라는 채소류(양파, 상추, 토마토, 청경채 등)도 좋고, 꽃을 보는 보람이 있는 화초류도 좋습니다. 향이 좋아서 자꾸만 찾게 되는 허브도 날씨가 좋은 계절에는 키우기가 수월해요. 가족 모두가 바쁜 가정이라면 조금만 신경 써도 쉽게 키울 수 있는 다육 식물(선인장, 알로에 등)도 생각해 볼 수 있겠지요.

이처럼 생명을 돌보는 일에 참여함으로써 아이들은 생명에 대해 많은 것을 배울 수 있습니다. 생명은 단순한 것이 아니며 인간의 필요에 맞추어 만들어지는 공산품이 아니라는 사실을 깨달을 수 있지요. 그러면서 다른 생물들을 존중하고 조화롭게 살아가야겠다는 공존의식을 가지게 될 것입니다.

2

● 자녀와 함께 육아 일기를 써 보세요

농부의 마음을 이해하면 음식물을 하찮게 여기지 못하는 법입니다. 기회가 된다면 한 생명이 태어나고 자라나기까지 보살피는 이의 인고를 아이가 간접적으로나마 체험하게 해 주세요. 이러한 경험을 지닌 아이는 왜 모두의 생명이 소중하며, 생명을 지키기 위해 노력해야 하는지 자연스레 배우게 될 것입니다.

첫째를 출산하고 육아할 때에는 그 과정을 글과 사진으로 꼼꼼히 기록해 두는 부모님이 많습니다. 그런데 둘째부터는 손위 자녀들의 육아와 병행해야 하기 때문에 시간적 여유가 상대적으로 줄어듭니다. 손위 자녀가 어느 정도 자라 글씨 쓰기나 그림 그리기가 가능하다면 그들의 도움을 받아 임신, 육아 일기를 써 보는 것은 어떨까요? 큰 아이에게는 생명의 탄생 과정을 가르쳐 주고, 태어날 아이에게도 뜻 깊은 선물을 남길 기회가 될 것입니다.

이때, 성인이 하는 것과 같이 체계적인 기록을 남기려고 욕심을 내면 부모와 자녀 모두에게 스트레스가 될 수 있어요. 무엇보다 큰 아이가 생명의 신비를 배우게 하고, 태어날 동생과의 유대가 깊어지도록 하는 것에 초점을 맞추는 것이 좋습니다. 때문에 기록을 하는 횟수나 방법은 아이에게 무리가 되지 않는 선에서 즐거운 마음으로 할 수 있도록 해야 합니다.

임신 중에는 기간에 따라 엄마의 몸에 생기는 변화, 병원에서 진료받은 내용 등을 큰 아이에게 얘기하며 대신 기록하게 해 보세요. 아이가 다소 어설프게 기록해도 나무랄 필요 없답니다. 무엇보다 태아나 엄마에게 변화가 생길 때 그 현상에 대해 쉽게 설명해 주는 것이 중요합니다.

"아빠, 엄마 배는 왜 이렇게 커졌어? 아기가 이렇게 큰 거야?"

"아기뿐 아니라 아기를 감싸고 있는 양수도 들어 있어서 이렇게 큰 거야. 양수는 아기를 보호해 주는 물이지."

이런 식으로 말이지요. 초음파 사진이나 병원 진료 기록 등도 함께 보며 이야기해 보세요. 아무것도 보이지 않던 엄마의 배 속에서 점차 동생이 자라나는 과정이 아이에게도 신기하게 느껴질 것입니다.

엄마 배 속의 동생과 대화를 나누거나 동생을 위한 메시지를 남기는 것도 아이와 태아의 유대를 깊게 해 줄 것입니다. 아이가 글로 생각을 표현하는 것이 쉽지 않다면, 간단한 그림을 그리는 것도 물론 좋습니다. 요즘에는 태아의 성장 단계에 맞추어 기록해야 할 것들을 표시해 둔 기성 다이어리를 많이 찾아볼 수 있습니다. 하지만 성인이 기록하기 위한 이런 다이어리들은 아이들에게 어렵고 재미없게 느껴질 수 있으니, 자유롭게 꾸밀 수 있는 빈 노트나 스케치용 어플리케이션 등을 이용하는 것도 좋은 방법입니다.

자신을 포함한 여러 사람의 노력과 기다림 속에서 태어난 동생이 큰 아이에게는 더 소중하게 느껴질 것입니다. 세상 모든 사람은 그렇

게 누군가의 오랜 희생 덕분에 탄생했으니 모든 생명을 소중히 여겨

야 한다고 아이에게 일러 주는 것도 잊지 마세요.

3

- ## 살아 있음에 감사하게 해 주세요

　사람들이 밀집된 도시에 사는 현대인들은 계속되는 비교와 경쟁 속에서 살아갑니다. 이런 환경은 우리로 하여금 자신이 가진 것보다는 갖지 못한 것에 대해 더 집중하게 만듭니다. 불만족이나 질투는 행복을 좀먹는 감정이라는 사실을 알면서도 말이지요.

　요즘은 성인뿐 아니라 우리 아이들 역시 남과 자신을 비교하는 일이 잦습니다. 경쟁이 만연한 사회에서 일찍부터 '더 좋음'과 '더 나쁨'을 배우기 때문입니다. 비교와 경쟁 속에서 스트레스를 받고 일상 생활에 불만족과 질투가 쌓이다 보면 우리가 가진 가장 소중한 자산, 즉 건강한 생명에 대한 감사를 잊기 쉽습니다.

　그리고 나아가서는 화병이나 우울증, 소화 불량 등으로 자신과 가족의 행복을 해치게 되기도 하지요. 가지지 못한 것에 대한 아쉬움 때문에 이미 가진 것마저 잃는다면 그처럼 안타까운 일은 없을 것입니다.

못 생겼다거나 키가 작다, 힘이 약하다는 이유 등으로 스스로에게 불만을 갖는 자녀가 있다면 이야기해 주세요. 자신이 무사히 이 세상에 태어나 건강한 신체를 가지고 자유롭게 행동할 수 있다는 것이 얼마나 고마운 일인지 말이에요.

엄마, 아빠의 기대 속에서 잉태된 태아들이 모두 세상에 태어날 수 있는 것은 아닙니다. 산모의 연령에 따라 약 30퍼센트 안팎의 태아들이 세상의 빛을 보지 못한다고 합니다.

또한 세계 은행, 세계 보건 기구(WHO), 유엔 아동 기금(UNCF), 유엔 인구 기금(UNPF)의 전문가들로 구성된 '어린이 사망률 평가 팀'에 따르면 매일 5세 이하의 어린이 1만 9,000명이 사망하고 있다고 해요. 심지어 이들 가운데 40퍼센트는 생후 1개월도 안 되어서 폐렴이나 출산 전후의 합병증, 설사, 말라리아 등 선진국에서는 쉽게 예방하고, 치료할 수 있는 질병 등으로 목숨을 잃곤 합니다.

조금 아파서 병원 치료를 받더라도, 친구보다 튼튼하지 못하거나 조금 다르게 생겼어도, 우리는 건강하게 살아 있는 것에 큰 감사를 해야 한다고 말해 주세요.

　　지금도 사하라 사막 남쪽의 아프리카, 인도, 파키스탄 등에서는 수많은 어린 생명이 꽃도 채 피워 보지 못하고 죽어 갑니다. 아프리카 어린이들은 출산 중에 비위생적인 환경으로 인해 감염이 되어 일찍이 목숨을 잃거나 먹을 것이 없어 영양실조로 사망하기도 해요. 모기를 통해 감염되는 말라리아도 아동들의 주요 사망 원인 중 하나입니다.

　　또한 아시아와 아프리카의 빈곤 국가들에서는 아직도 아동 노동 착취가 성행하고 있습니다. 위험물을 다루는 공장이나 노동량이 많은 카카오 농장, 성인에게도 고된 채석장 노동, 가사 등 강요받는 노동의 종류도 다양하지요. 수면 부족, 배고픔과 싸워 가며 성장기를 단순 노동으로 채워 가고 있는 어린이들은 학교를 통해 꿈을 이루고 싶어도 그럴 수가 없는 경우가 많습니다.

전쟁 때문에 위협을 받고 있는 어린이들도 많습니다. 지금도 중동과 아프리카 등의 일부 국가에서는 아이들이 언제 들이닥칠지 모르는 군인들과 폭격의 위험에 떨고 있습니다. 이 아이들은 오가는 포탄 속에 애꿎은 희생양이 되기도 하고, 사랑하는 가족을 잃기도 하지요. 마음대로 학교를 갈 수 없는 것은 물론이고 어린 나이에 소년병이 되어 전쟁터에 나가기도 해요.

이러한 이야기를 나누며 아이들과 함께 가진 것을 되짚어 보고 감사하는 시간을 가져 보세요. 현재 우리가 누리고 있는 탄생과 건강과 자유가 얼마나 감사한 것인지를 말이에요. 이 시각 다른 나라의 어떤 친구들은 그저 인간으로서의 삶을 유지하기 위해 힘겹게 싸우고 있다는 것을 알게 해 주세요. '우리가 헛되이 보낸 오늘은 어제 죽은 이가 그토록 바라던 내일이다.'라는 말이 있습니다. 아이가 당연하게 생각하는 삶을 쟁취하기 위해, 어떤 친구들은 엄청난 노력을 하고 있음을 가르쳐 주시기 바랍니다.

위기에 처한 세계의 아동들에 대한 최신 정보를 게재하는 구호 단체 홈페이지들을 방문하면 더 많은 이야기를 나눌 수 있어요. 세이브더칠드런(http://www.sc.or.kr), 유니세프(http://www.unicef.or.kr), 굿네이버스(http://www.goodneighbors.kr) 등이 대표적입니다.

자신과 비슷한 나이에 너무도 다른 운명에 처한 친구들의 이야기를 들려주세요. 그리고 아이가 자신이 가진 것을 감사하고 나눌 줄 아는 사람이 되도록 이끌어 주세요.

4

• 죽음을 애도하도록 해 주세요

국어사전에서는 죽음을 '생물에게서 생명이 없어지는 현상'이라고 정의합니다. 병원에서는 환자의 심장 박동과 호흡이 멈춘 후, 어떠한 수단을 써도 돌아오지 않을 때 환자가 사망했다고 말합니다. 뇌간을 포함하여 전체적인 뇌 기능이 완전히 정지되면 회복이 불가능한 뇌사 상태에 빠지게 되지요.

남과 나의 생명을 가치 있게 여겨야 하는 까닭은 그것이 유일한 것이기 때문입니다. 한 사람의 생명은 어떤 식으로든 두 번 이상 주어지지 않습니다. 아이들이 이러한 사실을 이해하게 하려면, 우선 생명의 끝인 '죽음'에 대해서 제대로 알게 할 필요가 있습니다.

어린이들은 주변 누군가의 죽음을 경험할 일도, 죽음에 대해서 배울 기회도 흔치 않습니다. 그러다 보니 '죽음'을 가볍게 생각하거나, 다른 세계로의 출구로 착각하고 미화하는 등 잘못된 생각을 갖기도 합니다. 지인의 죽음을 경험한 경우 죽음이 '내 사랑하는 사람에게만 일어나는 불행'이라고 생각하여 비관하는 것도 좋지 않은 경우입니다. 때문에 부모님은 아이들에게 죽음이 인간의 의지와는 상관없는 자연스러운 일이며, 죽음이 슬픈 이유가 무엇인지 알기 쉽게 설명해 줄 수 있어야 합니다.

아이들은 죽음의 성질을 어떻게 인식할까요? 5세 이전에게 죽음은 잠을 자거나 외출처럼 인식됩니다. 언제든 다시 일어날 수 있고, 내 눈 앞에 잠시 없을 뿐이지 다른 곳에 있는 것과 유사하게 여기는 것이지요. 그러다 친척이나 동물의 죽음 등을 목격하면서 6~7세 정도가 되면 모든 사람은 죽는다는 사실을 알게 됩니다. 이 시기부터 어른과 유사한 죽음에 대한 개념이 발달하기 시작하지요.

5세 이후 아동기에서는 아직 죽음에 대해 추상적인 개념보다는 무서운 사람, 귀신, 악마 등 구체적인 형태로 의인화하여 인식하고, 10세 이후부터는 거의 성인과 유사한 개념을 갖춘다고 합니다.

일부 아이들은 죽음이라는 주제에 대해 호기심을 느끼며 이와 관련된 질문을 끝없이 하곤 합니다. 대부분의 부모님은 아이들이 이런 질문을 하면서 죽음에 대해 이야기하는 것을 굉장히 부담스러워합니다. 너무 암울하고 우울한 주제이기도 하고, 혹시 아이가 충격을 받고 지나치게 불안해하면 어떡하나 걱정이 되어서 그렇지요.

그런데 이런 질문에 "너는 몰라도 돼.", "나중에 크면 알게 돼."라는 식으로 반응하는 것은 좋은 방법이 아닙니다. 이런 질문이 단순한 호기심에서 나온 것이 아니라, '죽어서 땅에 묻히면 춥고, 배고프고, 얼마나 힘들까?' 하는 죽은 자의 신체적 고통에 대한 집착 또는 지인의 사망이 혹시 자신의 나쁜 생각과 행동으로 인한 것은 아닐까("내가 엄마 말 안 들어서 엄마가 고생해서 죽은 거야."와 같은 생각) 하는 아동기 마술적 사고에서 나왔을 수도 있으니까요.

죽음에 대해 아직 발달학적으로 충분히 이해하지 못한 연령의 아이들 중 일부는 많은 판타지 픽션과 게임 캐릭터와 달리 실제 생명체의 죽음은 돌이킬 수 없다는 사실을 잘 받아들이지 못하곤 합니다. 기술이 발달하고 물자가 풍족해진 요즘은 게임처럼 뭐든지 몇 번이고 다시 할 수 있는 시대입니다. 기계도, 서비스도 인간의 필요를 무조건 실현하는 방향으로 흐르는 이 시대의 어린이들에게 '불가능'이란 굉장히 낯선 개념일지도 모릅니다. 그러다 보니 돌이키는 것이 절대 불가능한 죽음에 대한 이해가 더욱 어려울 수 있습니다.

불만족스러운 상황을 해결하는 수단으로 죽음을 사용하는 일도 있습니다. 일명 '리셋 증후군(Reset Syndrome)'이라고 불리는 것으로 무슨 일이든 꼬이면 버튼 하나로 리셋할 수 있다고 인식하는 현상이지요. 이러한 리셋 증후군은 가상 세계와 현실을 착각하게 만들며 때로는 심각한 범죄나 자살로도 이어질 수 있다고 합니다.

아이들과 '삶과 죽음'이라는 주제로 대화를 나눌 일이 있을 때에는 아이가 이해할 수 있는 말과 비유로 죽음이 갖는 인지적 주요 특성인 다시 돌이킬 수 없고(Irreversible), 모든 생명의 끝이고(Final), 누구에게나 찾아오며(Inevitable), 원인이 있음(Causal)을 구체적으로 설명하는 것이 좋습니다.

초등학생이라면 의외로 명확하게 사인을 잘 받아들입니다. "교통사고 때문에 너무 많이 다쳐서 돌아가셨어.", "갑자기 심장이 멎어서 돌아가셨어." 등의 분명한 이유를 알려 주는 것이 오히려 나을 수 있습니다. 이때 아이가 질문할 기회를 주고 상상한 것, 죽음과 관련되어 무섭게 생각하는 것에 대해 이야기하도록 유도하면 조금 더 아이가 죽음에 대해 잘 이해할 수 있을 겁니다.

이따금 죽으면 아무것도 할 수 없고 주위 사람에게 잊혀지면서 쓸쓸하고 허무할 것 같다는 인식을 갖는 아이들이 있습니다. 이 경우에는 아이들이 사람이 태어나서 죽는 과정, 그 과정 끝에 남는 여러 가지 매개(가족들 간의 기억과 추억, 그 사람이 남긴 업적, 후손에게 전해지는 유전자들, 종교에서의 영혼)에 대한 설명을 해 주세요. 아이가 죽음을 파국이라기보다 인생의 마지막 과정으로 이해하는 데 도움을 줄 것입니다.

5

대부분의 가정에 셋 이하의 자녀를 두고 있는 요즘은 부모님들이 한 명, 한 명의 자녀에게 사랑과 관심을 쏟아 줍니다. 그런데 이렇게 많은 사랑과 관심 속에서 자란 아이들의 사망 원인 중 1위가 자살이라는 사실이 참으로 놀랍습니다. 어느새 교통사고로 인한 청소년 사망률을 뛰어넘었지요.

자살의 원인은 가정불화, 우울증, 성적 비관, 이성 문제, 따돌림이나 폭력 등이라고 합니다. 그러나 대개 청소년기의 자살은 보호자의 관심으로 충분히 막을 수 있는 일이라는 점에서 더욱 안타깝게 생각됩니다.

요즘 큰 사회 문제로 대두되고 있는 집단 따돌림의 경우, 가해자나 피해자 부모 모두 자신의 아이가 그러한 일에 연루되어 있는 사실을 모르고 있는 경우가 많다고 합니다. 그만큼 아이들이 진짜 생각하고 고민하는 것들을 알기 어렵다는 뜻이겠지요. 그 어느 때보다도 자녀

양육에 대한 관심이 높은 이 시대에 여전히 부모가 모르는 고민으로 자살하는 아이들이 많은 이유는 무엇일까요?

바쁜 현대의 가족들은 서로의 스케줄에 따라 움직이느라 정신이 없습니다. 그러다 보니 서로 마주칠 일조차 뜸하지요. 새벽부터 밤까지 일을 하는 가장, 온종일 학교와 학원을 오가느라 쉴 틈 없는 아이들, 그런 식구들을 챙겨 주느라 눈코 뜰 새 없는 주부. 이렇게 분주한 일상 속에서 서로 깊은 마음을 털어놓는 대화 시간을 빼기란 쉽지 않습니다.

예전처럼 온 가족이 식탁에 둘러 앉아 밥을 먹는 횟수도 급격히 줄었지요. 가족과 함께 식사하는 시간이 많은 아이는 그렇지 않은 아이에 비해 음주나 흡연율, 우울증 등을 적게 경험하고 학업 성적도 높다고 하는데 안타까운 일입니다.

가족이 함께 지내며 부딪치는 시간은 그저 자투리 시간이 아니라

서로 가까워지고 깊이 알게 되는 소중한 기회입니다. 그런데 이러한 시간이 점점 줄어드니 자녀에 대한 이해가 어려워지는 것은 당연한 일일지도 모릅니다. 별로 중요한 내용이 오가지 않더라도, 자녀와 대화하는 시간을 늘려 보세요.

"학교가 왜 이렇게 늦게 끝나니?"

"오늘 영어 학원가는 날이니? 몇 시에 오니?"

"방학식 며칠이니?"

이렇게 부모님이 알고 싶은 정보만 확인하는 대화가 아니라 아이의 생각과 감정을 듣기 위한 대화여야 할 것입니다.

어른의 입장에서 아이의 이야기가 시답지 않거나 틀리다고 생각되어도 인정하고 들어 주세요. '그게 아니라'로 시작해 얘기를 끊거나 부정하는 것은 대화를 이어가는 데 좋지 않습니다.

또한 고민이 생겼을 때 부모님이 걱정하거나 실망해서 혼내실까

봐 혼자 끙끙 앓는 아이들이 많습니다. 부모님은 자녀가 어떤 아이든

상관없이 사랑을 줄 것이며, 어떤 문제라도 해결해 줄 준비가 되어

있음을 항상 강조해 주세요.

6

• 아이가 행복하게 자라도록 도와주세요

　흔히 '요즘 아이들은 사춘기가 빨리 온다.'는 이야기를 합니다. 어린아이들이 예전보다 이른 나이에 이성 문제나 성적 스트레스, 외모 고민 등에 눈뜨기 때문입니다. 그런데 이처럼 아이들이 정신적으로 조숙해짐에 따라, 그간 성인들의 정신 질환으로만 여겨졌던 우울증에 걸리는 아이들도 많아졌다고 합니다. 성인의 우울증과는 증상이 조금 다른 아이들의 우울증은 '소아 우울증'으로 불리며 최근 주목을 받고 있습니다.

　아이들은 성인처럼 표현력이 좋지 못합니다. 때문에 소아 우울증은 성인의 우울증처럼 '기분이 안 좋다.'는 표현 대신 '배가 아프다.' 등의 우회적인 표현을 동반하는 경우가 많습니다. 예를 들면 다음과 같은 증상들입니다.

✽ 짜증을 부쩍 많이 낸다.

✽ 평소 좋아하던 놀이나 친구 등에 흥미를 보이지 않는다.

✽ 밥을 먹기 싫어하거나 소화 장애를 보인다. 또는 갑자기 음식을 과식, 폭식한다.

✽ 잠이 지나치게 줄거나(하루 4시간 미만) 지나치게 늘어난다(하루 10시간 이상).

✽ 이유 없는 복통, 두통 등을 호소한다.

✽ 학습 수행 능력이 급격히 떨어진다.

　자칫 아이들이 흔히 보이는 행동들이라며 대수롭지 않게 여길 수 있지만, 이는 아이들이 느끼는 우울함의 반영일 수 있습니다. 이러한 행동을 지속적으로 하거나 안 하던 행동을 하게 된다면 아이의 행복에 조금 더 신경을 써 주세요.

아이들이 우울함을 느끼는 원인은 다양하지만, 주로 가정의 불화나 학업 스트레스, 이성이나 또래 친구들과의 문제 등이 많은 비중을 차지합니다. 때문에 행복한 아이로 키우기 위해서는 화목한 가정을 만드는 노력이 매우 중요합니다.

아이들과 함께 마주하는 시간을 늘리고, 가족 간에 다투는 모습 등을 아이에게 노출하지 말아 주세요. 일반적으로 활발한 신체 활동을 하는 것은 우울증의 예방과 치료에 도움이 되므로 부모님과 함께 나들이를 가거나 스포츠를 즐기는 것도 큰 도움이 될 것입니다. 부모님 사이의 불화는 아이에게 큰 스트레스가 될 뿐만 아니라 청소년 자살 원인 중 가장 큰 비중을 차지하고 있다는 사실도 잊지 마세요.

아이들에게 경쟁의 압박을 주지 않는 것도 중요합니다. 경쟁은 노력을 하고자 하는 욕구를 불러일으키는 긍정적 일면도 있지만, 아이들이 나이에 어울리지 않는 수준의 노력을 강요받으면 그 압박감이 아이를 심리적으로 위축되게 만들 수 있습니다. 어떠한 성취 수준을 제시하며 그것을 만족시키도록 요구하기보다는 그것을 이루기 위해 노력했다는 점에 대한 초점을 맞춰 칭찬해 주세요. 어떤 점수를 받지 못한 패배자가 아니라, 좋은 성적을 받기 위해 많은 노력을 한 가능성이 많은 아이로 보아 주세요.

더불어 아이의 이야기를 수용적으로 경청하는 모습을 자주 보여 주시기 바랍니다. 부모님이 자녀의 편이라는 것을 증명하는 동시에 아이의 심리 상태를 더 잘 이해할 수 있는 방법이랍니다.

7

우리는 상대에 대해 더 많이 알고 이해할수록 상대를 존중할 수 있습니다. 아이들이 다른 동물을 대할 때에도 마찬가지입니다. 동물은 우리와 다른 모습과 특징을 가진, 그러나 우리와 마찬가지로 놀라운 생명이라는 사실을 가르쳐 주세요. 인간이 우리들의 언어로 다른 동물들에게 이름을 붙여 주고, 사육하고, 연구하기 이전에도 그들은 각자의 방식으로 대자연에 적응하여 살아가고 있었습니다. 문명의 이기들이 발명되기 전 우리의 조상들이 그랬던 것처럼 말이지요.

고도로 발달된 문명의 현대 사회를 살아가는 우리는 종종 대자연의 경이로움을 잊곤 합니다. 그러면서 식물은 우리가 물을 주어야 하는 존재로, 동물은 먹이를 주고 길들여야 하는 존재로, 벌레는 쫓아야 하는 존재로 인식하지요.

도시에서 태어나 자연과 접하지 못하고 살아가는 요즘의 아이들은 더욱더 인간 중심으로 자연을 바라볼 수밖에 없습니다. 다른 생물들이 왜 인간의 필요에 맞게 생기고 행동하지 않는지 불평하게 되지요. 하지만 다른 생물의 생태에 대해서 알게 되면, 그것을 억지로 바꾸려는 인간들의 태도가 얼마나 이기적인 것인지를 깨닫게 될 것입니다.

다큐멘터리는 다른 동식물들의 삶을 사실적으로 보여 줍니다. 다큐멘터리를 보다 보면, 다른 종 역시 인간과 마찬가지로 자신들만의 질서와 가치를 지니고 살아가고 있음을 알게 됩니다. 초원의 더위를 이기기 위해 낮에는 쉬고 야간에 사냥을 하는 효율적인 사자, 포식자나 추위로부터 몸을 지키기 위해 늘 무리 지어 다니는 펭귄, 가족원이 돌아가면서 보초를 서는 미어캣, 서로 공생하며 살아가는 말미잘과 흰동가리 등 동물들의 생활을 관찰해 보면 생존을 위한 그들의 지혜에 놀라지 않을 수 없습니다.

평소 동물원에 데려가거나 그림책 등을 보여 주며 아이에게 동물의 외형을 구경시켜 주는 데 그치지는 않으셨나요? 그렇다면 이제는 아이에게 동물의 삶을 소개해 주세요. 요즘은 다큐멘터리 전문 채널을 비롯해 많은 텔레비전 채널에서 양질의 동물 관련 다큐멘터리를 방영해 주고 있습니다. 그러한 다큐멘터리의 내용을 그대로 옮겨 놓은 아동 서적도 물론 좋습니다. 때로는 아이들이 이러한 책이나 다큐멘터리가 만화 영화보다도 극적이고 재미있다고 느낄 것입니다. 자연의 위대함을 느끼고, 아직 자연으로부터 배워야 할 것이 무궁무진하다는 사실도 깨닫게 되겠지요.

대한민국 대표 인성·환경·역사 교과서
왜 안 되나요 시리즈

아침독서 선정도서
한우리 독서올림피아드 필독서
국립어린이청소년도서관 추천도서
소년한국우수도서 선정도서
대교 눈높이 창의독서 선정도서

중국 저작권 수출 도서
서울환경연합 선정도서
서울시교육청 추천도서
교보문고 키위맘 선정도서
한국미래환경협회 추천도서

역사

환경

인성

생활

공부

권당 12,000원 · 각 시리즈는 계속 출간됩니다!